KB145680

진실한
행복 속의 삶

김성환 지음

지금 행복하다는 생각을 한다면

계속하여 그대로 행복하게 지내면 될 것이다.

그러나 만일 행복하지 않다는 생각을 한다면,

과거에 대한 탓과 미래 걱정하며 세월 보내기

VS

현재를 즐기고 미래를 준비하며 행복하게 살기

선택은 당신의 몫이 될 것이다.

머리말

누구나 사람은 자신만의 삶을 열심히 살고자 한다. 투병 생활을 견디는 아픈 사람들조차 건강을 회복하기 위해 스스로가 노력을 이루어가며 부정적인 생각만을 지녀 아무것도 안 하려는 사람조차 끊임없이 무언가를 배우려 하거나 취미 생활을 이루어나가려 함으로써 자신만의 이러한 삶을 열심히 살아가고자 하게 된다. 우리는 그렇다면, 대체 왜 이렇게까지도 이러한 우리의 삶을 열심히 살아가고자 하려는 것일까?

태어나서 죽음에 이를 때까지 사람은 자신이 속한 세계 또는 사회라는 공간 안에서 자신의 역할을 찾아 성장하고 발전하며 평생을 살게 되지만 이러한 삶 안에서 자신만의 뚜렷한 목적성과 방향성을 지니고 살아가려 하는 사람들은 많지 않다. 이에 바로 앞의 현실에만 급급히 맞추어 살아가려 하는 모든 사람들에게 모두가 조금이라도 좀 더 행복하고 바람직하게 살 수 있게 되기를 바라고자 하는 마음으로 이러한 진실 속 행복에 대한 이야기를 시작해보겠다.

"왜 사세요?"라고 물었을 때 돌아올 수 있게 되는 가장 궁극적인 대답은 결국, '행복하기 위해서'가 될 것이다. 그러나 사람들은 지금 당장의 이러한 행복은 간과한 채 그저 미래의 추상적인 행복만을 바라보며 살고자 할 뿐이다. 사람들이 이루는 모든 행동은 행복한 삶을 이루기 위하여 노력하는 행위로써 결국 모두가 이루어질 수 있지만, 자신에게 행복이 알아서 다가와 주기만을 바라는 이러한 수동적인 태도만을 지닌다면 행복이 다가오는 것을 더욱 어렵게 만들게 될 수 있다. 이에 현재의 삶을 그저 참고 견디며 살아가는 인내의 삶으로 여기고 이를 살아가기보다는 스스로가 지금 당장에 이러한 행복을 찾아 조금 더 능동적으로 알아보고, 이를 직접 즐겨보려 하게 될 때에 결국은 이와 같은 행복을 직접 쟁취하여 스스로 누릴 수 있게 될 것이다.

진실한 행복 속의 삶

아직은 물론 행복에 대하여 아는 것이 없고, 이것이 무엇인지도 잘 모르기에 지금 당장에 이를 잡는다는 것이 추상적으로 보여 어렵다고 느낄 수 있겠지만, "아는 만큼 보인다."라는 말이 있듯이 하나씩 알아나가게 된다면 어려운 일이 아니라는 것을 알게 될 것이다.

—

책 소개

소소하지만 확실한 행복이라는 말처럼 일상생활 속에서 우
리는 맛있는 음식을 먹기도 하고 멋진 장소에서 휴식을 취하
기도 하며 이렇게 소소한 행복으로써 몸의 활력을 재충전하
여 간다. 외부 요소로 인한 기쁨과 즐거움이 이렇게 잠시나
마 순간적인 행복감으로써 우리에게 활력을 줄 수 있다면 이
역시도 우리가 추구해야 할 중요한 요소이지만 이러한 기쁨
과 즐거움이 이렇게 일시적으로만 끝나버리게 된다면 이는
더 큰 행복에 대한 갈망과 아쉬움만을 우리에게 남겨줄 수
있을 것이다. 이에 이 책에서 소개하는 진실한 행복이란, 일
회성으로만 그치는 것이 아니라 우리의 곁에 지속적으로 남
아 우리의 삶 전체를 기쁨과 웃음으로 물들이며 즐거움과 행
복 속에 계속 헤엄칠 수 있도록 만들어주는 참된 행복에 관

진실한 행복 속의 삶

한 이야기가 될 것이다. 이에 이러한 참된 행복이란 일시적인 행복과는 비교도 할 수 없을 정도로 크고 진실하며 결국, 진리적이고도 본질적인 궁극적 행복에 관한 이야기가 될 것이다.

이를 찾아 일상을 영유하는 현실 속에서도, 당신이 이를 누릴 수 있다면 이는 내면과 외면, 외부 세계로 이어지는 세상 속에서 당신이 홀로 있게 될지라도, 평생을 결국 행복에 취해 춤추고 기뻐하며 살아갈 수 있게 만들어줄 것이다. 이는 당신의 삶의 가장 큰 축복이자 선물로써 이루어질 수 있겠지만 이러한 참된 행복을 누려보고자 한다면 당신에게는 필수적으로 스스로의 열망(Desire)과 노력(Endeavor)이 반드시 필요하다는 점을 명심해야만 할 것이다.

애써 감추려 해도 감출 수 없고 부정하려 해도 부정할 수 없다. 언제나 참[眞]으로만 존재하며, 세상의 모든 곳, 모든 시간과 공간, 현상과 관념 속에서 항상 올곧게만 존재하는 것을 진실(眞實)이자 진리(眞理)라 한다. 이에 사실(True)이자 진리

(Truth)로서의 이러한 '참된 행복'은

사랑(Love)과 선(Good) 그리고 진실(Honest)

에 기반을 두고 있다는 사실을 명심하길 바라며 본격적으로
참된 행복을 찾아 나가는 여정을 시작해보도록 하겠다.

진실한 행복 속의 삶

목차

Chapter 1

행복의
순서
(The order of
Happiness)

행복의 첫 번째 순서는 스스로가 추구하는 자신만의 행복에 대한 개념을 우선적으로 먼저 정의해보는 것이다.

행복에 대한 개념은 모두 다르고 이를 추구하는 방법 역시 매우 다양할 수 있으므로 이에 가장 먼저 당신은, 우선적으로 자신이 생각하는 자신만의 행복에 관한 개념을 정립해보아야만 할 것이다.

이 책에서 소개하고자 하는 이러한 행복의 순서란 결국 수많은 행복들 중 참된 행복을 느낄 수 있게 되는 방법으로 이루어지겠지만, 스스로가 이러한 행복을 느끼는 것이 가장 중요한 일이므로 이를 스스로에게 더 잘 맞는 방법으로 바꾸어 익혀도 괜찮을 것이다.

그러나 참된 행복을 누리기 위하여서는 이러한 행복의 순서를 잘 지켜 이를 하나씩 이루어나가려 하는 것이 가장 바람직한 일이 될 것이다.

참된 행복을
이루어가는
순서

참된 행복을 이루어가는 순서는 다음과 같이 이루어지게 된다.

첫째, 자신에 대한 이해, 스스로 고찰(考察)해보기

둘째, 타인에 관한 이해 시작하기

셋째, 자신이 세운 꿈과 이상을 펼치며,

　　　사랑을 하고 하루하루를 즐기며

　　　자신에게 선사된 행복을 그저 마음껏 누리기

이는 최고의 행복을 가장 올바르게 누릴 수 있는 최선의 방법으로써 참된 행복을 누리는 필수 사항의 전부가 되어줄 것이다. 만일 이러한 순서를 잘 지켜 이를 이루어나갈 수 있게 된다면 당신은 이러한 참된 행복을 반드시 누려볼 수 있게 될 것이다.

이를 조금 더 풀어보자면 다음과 같이 정리할 수 있다.

Ⅰ.	① 행복에 대하여 생각해보기 (행복의 정의, 자신의 삶의 '주체'되기) ② 행복해지기 위한 노력 (자아발견, 자존감, 자신감 키우기) ③ 자신에 관한 고찰 (기준과 가치관 정립, 목표(꿈) 세우기) ④ 지식의 습득, 배움 ⑤ 자기 관리, 자립
Ⅱ.	⑥ 타인, 사람들에 관한 이해
Ⅲ.	⑦ 사랑, 일, 현재를 즐기기 (나아가 행복 누리기)

이러한 행복을 찾아가기에 앞서 당신에게는 반드시 기반이 되어야만 하는 조건이 있다. 이러한 조건에 부합되지 않는다면 당신은 다음과 같은 조건을 먼저 충족시킨 후 이를 찾아가는 것이 가장 바람직할 것이다.

이러한 조건에서 당신에게 가장 필요로 한 것은 바로 당신 자신의 '건강'이 된다.

신체가 건강하면 정신 역시 함께 건강해지며 건강한 신체와 정신을 가질 수 있다면 이때부터 진정, 당신은 올바른 사고를 할 수 있게 된다.

올바른 사고란 자신의 현실에서 착각이나 혼동 없이 자신의 능력을 있는 그대로 직면하여 이를 정확하게 바라보고, 받아들일 수 있는 사고의 능력을 뜻하게 된다. 이러한 올바른 사고 능력을 지니지 못한다면 스스로가 현실을 자각할 수 없고 스스로의 현실을 자신이 받아들이지도 못하여 자신만의 착각과 합리화로써 스스로만을 계속 방어하게 만들 수 있다.

이러한 올바른 사고를 기르기 위해서 당신은 결국 이러한 건강을 자신의 행복을 찾기 위한 필수 전제 조건으로 가져야만 할 것이다.

올바른 사고는 당신에게 자신의 꿈을 위하여 자신에게 필요한 것이 무엇인지 스스로 알 수 있게 만들어주는 사고력(思考力)과 자신의 머릿속에 있는 생각을 현실에서 스스로가 실천할 수 있도록 만들어주는 행동능력(行動能力)을 동시에 모두 수반(隨伴) 시켜주게 만들 수 있기에 결국 행복의 모든 것은 진정 당신의 이러한 신체적 정신적 건강함으로부터 모두 시작될 수 있을 것이다.

"불행하고 우울한 시점에서 하는 모든 생각과 사고는 건강해지는 순간 모두 바뀌기에 이는 모두 거짓이며, 건강하고 행복한 시점에서 하는 생각과 사고가 진정 당신의 참된 꿈이자 미래가 된다!"

이러한 행복을 찾아 나가기 앞서 당신은 이러한 건강을 우선

적으로 이루어놓으려 해야만 하며 스스로 항상 더 많이 알아

가고 더 정확히 배우려는 태도를 지니어 행복에 대한 지식을

쌓고 이를 실천해 가는 자세를 지녀야만 할 것이다.

행복의 순서

Chapter 2.

건강
에너지
(Health Energy)

에너지(Energy)에
대한 분류와
소개

세상에 존재하는 에너지를 눈에 보이는 실체적 에너지와 보이지 않는 추상적 에너지로 구분해 보면 이는 크게 물리적 물질 에너지와 감정 에너지로 나누어볼 수 있게 된다. 이러한 에너지(Energy)들 중에 물리적 물질 에너지(Material)란 세상을 구성하는 원자와 전자의 개념으로써 우리가 일반적으로 익히 알고 있는 기본적인 에너지 즉 삶의 전반에서 널리 사용되는 모든 에너지들을 통합하여 지칭하고자 한다. 이러한 에너지의 구성과 조합 작용을 신체 내에서 사용되는 부분으로 그 범위를 좁히고 작용하는 범위에 따라 이를 조금 더 세부적으로 나누어보면 이는 결국 신체 내에서 작용하게 되는 신체(Biology) 에너지와 '뇌에서 작용하게 되는 정신(Psychology) 에너지로 나누어볼 수 있게 된다. 이를 추상적인 감정 에너지(Emotion)와 함께 도식화해보면 다음과 같이 나타내볼 수 있다.

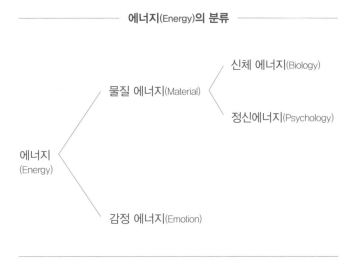

에너지(Energy)의 분류

물질 에너지(Material)
　신체 에너지(Biology)
　정신에너지(Psychology)

에너지
(Energy)

감정 에너지(Emotion)

진실한 행복 속의 삶

물질 에너지(Material Energy)에 대한 소개

우리가 근력을 사용하고, 몸을 움직여 일을 할 수 있게 만들어주는 신체 에너지란 결국 신체 내의 동력원으로써 우리가 일상생활을 하는 데 꼭 필요하게 되는 에너지이지만 이 책에서는 이러한 신체 에너지 이외에 보통 쉬이 접할 수 없는 물리적 물질 에너지 중 정신 에너지(Mental energy)와 추상적인 부분의 감정(Emotion) 에너지에 대하여 보다 초점을 맞추어 소개하려 한다.

정신적인 에너지(Mental energy) 역시도 결국은 신체 내의 뇌(Brain)에서 사용되는 에너지로 물리적 물질 에너지(Material energy)의 일부가 되지만 이러한 뇌는 우리가 하루에 사용하는 전체 에너지의 20% 이상을 모두 뇌에서만 소비한다는 말처럼 우리에게 매우 중요한 신체 기관이 되므로 이를 따로 분리하여 소개하고자 한다.

뇌(Brain) 에너지에 대한 소개

뇌(腦)는 정신과 신체, 감각 기관을 연결하여 모두 통솔(統率)하는 중추 신경계(中樞 神經系) 물질(物質)로 신체의 핵심 기관이기도 하지만 정신세계에서도 사고(思考)를 통해 우리의 내면과 외부 세계(世界)를 이어주고 관념(觀念)을 통해 우리를 존재(存在)할 수 있게도 만들어주는 자각(自覺)기관으로써 그 역할을 하게 되기도 한다.

(뇌(腦)에서 이루어지는 생각으로 우리는 '삶을 행복하다고 느끼거나, 그렇지 않다'고 느낄 수 있게 되므로, 이러한 '뇌는 당신의 모든 것이다'라고 하여도 이는 절대 과언(誇言)이 아닐 것이다.)

"스트레스는 만병의 근원이다."라는 말이 있다.

사람에게는 자연적인 치유와 재생 능력이 있어 신체에 이상이 생기거나 문제가 발생하면 신체 내 에너지를 통하여 스스로가 자신의 몸을 치유하지만 스트레스를 많이 받는 상황이

진실한 행복 속의 삶

오면 뇌에서는 이러한 스트레스를 줄이기 위하여 많은 정신 에너지를 소모하게 된다.

만일 이때 소모한 정신 에너지만큼 빠른 속도로 뇌의 에너지 회복이 이루어지지 않는다면 뇌는 이렇게 부족해진 에너지를 보충하기 위하여 신체 에너지를 대신하여 끌어다 대체 에너지로 사용하게 된다. 부족해진 정신 에너지를 보충하는데 이렇게 신체의 에너지를 대신하여 사용하게 된다면, 신체 내 에너지가 필요할 때 사용하려 저장해둔 신체 내 치유와 재생 에너지까지도 정작 함께 가져가 사용할 수 있게 되므로, 이는 결국 신체 내의 자가(自家)적 치유 능력을 부족하게 만들어버린다.

이는 우리의 면역력을 저하시켜 각종 질병에 쉽게 노출시킴으로 이러한 정신적 스트레스는 결국 우리의 신체에까지 영향을 주게 된다. 만일 당신이 이러한 에너지의 작용을 주의 깊게 파악하여 뇌의 건강을 지키고 관리한다면 이는 뇌뿐만 아니라 당신의 신체 건강 역시 함께 지킬 수 있게 되어 이것이 결국 당신의 모든 건강의 기반이 되어줄 것이다.

건강 에너지

―――

감정 에너지(Emotion Energy)에 대한 소개

일상생활에서 사용되는 실질적 물질(Material) 에너지 이외에 세상에는 또 다른 에너지가 하나 더 존재하고 있다.

소모하는 만큼만 일 에너지로 바꿀 수 있는 물리적 물질 에너지와 달리 이 에너지는 한계성(제약성)(Limits)이 없으며 무료로 쓸 수 있고 무제한으로 사용할 수 있다.

사용하면 할수록 점점 더 많은 영향(Effect)을 불러일으키는 강력한 전파(Wave) 에너지로써 물질 에너지로 만들 수 있는 모든 결과물보다 더 큰 창조성(Creative)과 잠재성(Potential)을 가지며 더 큰 영향력(Affection)을 또한 끼칠 수도 있게 만든다.

앞으로 소개하게 될 이러한 감정 에너지(Emotion)가 바로 이러한 장점들을 모두 갖추고 있는 에너지로 소개될 것이다.

'무표정하거나 시니컬한 사람과 함께 있으면 같이 있는 사람 역시 함께 무표정해지거나 부정적으로 변하여간다. 이와는 반대로 풍부한 감성과 밝은 미소가 가득한 사람과 함께 있으면 같이 있는 상대방 역시 함께 밝아진다.'

이러한 일은 결국 감정(Emotion) 에너지가 주위에 많은 영향을 미치게 되는 강력한 전파 에너지(Wave Energy)로써 존재하기 때문이다. 이와 같은 감정 에너지는 타인을 향하여 베풀어주는 이타적 사랑의 한 방법으로써 활용될 수도 있기에 이를 잘 활용한다면 결국 당신이 자신의 행복뿐 아니라 타인에게도 매우 많은 유익한 도움만을 주게 될 것이다.

이러한 감정(Emotion) 에너지는 그 영향력에 따라 다시 두 가지의 에너지인 긍정(Positive) 에너지와 부정(Negative) 에너지로 나누어볼 수 있게 되는데 이러한 부정 에너지 역시 어떻게 사용하느냐에 따라 자신에게 도움을 줄 수 있는 발전 에너지로써 결국 전환시켜 사용할 수도 있게 되기에 이를 완전한 부정 에너지로 단정 지으려 하기보다는 이를 유익한 방향

건강 에너지

으로 어떻게 활용할 수 있는지에 대하여 더 초점을 맞추어 스스로가 이를 바라보아야만 할 것이다. 이에 대표적으로 소개되는 부정(Negative) 에너지로서 화(Anger)와 분노(Rage) 에너지에 대한 소개를 하고 이를 어떻게 줄이며 어떻게 유익한 에너지로 바꾸어나갈 수 있는지에 대한 소개를 함께 하여 나가보기로 하겠다.

- 부정 에너지(Negative Energy)
  - 스트레스를 참거나 억누름으로 인하여 쌓이는 화(怒)
  - 상대를 이해하지 못할 때 발생하는 분노(怒)

보통 화(怒)라는 에너지는 좋지 않은 에너지로 구분을 짓게 되는데 스스로의 발전을 위해 내는 화(怒) 이외에 상대에게 분출하는 화(怒) 에너지는 자신뿐 아니라 타인에게도 매우 많은 피해를 줄 수 있으므로 이를 조심해야 한다. 사람을 대하게 될 때 발생하는 이러한 화(Wrath)란 본디 상대에 대하여 잘 알지 못하여 발생하는 경우가 대다수이므로 스스로가 자신의 선입견으로 생기는 오해와 편견을 배제하고 상대에 대

진실한 행복 속의 삶

해 더 많은 지식을 쌓아 생각과 이해의 폭을 넓혀 더 정확하고 객관적으로 상대방을 이해하고자 할 때 이는 자연스레 줄어들 수 있게 될 것이다. (이러한 자세를 유지하다 보면 화(怒)는 누그러지고 마찰이나 다툼은 줄어들며 미움은 용서로 바뀌게 된다.)

스스로가 이렇게 상대방의 입장이 되어 조금이라도 생각해 보려 할 때 가장 쉽게 상대방을 이해할 수 있게 되어 화가 줄어들 수 있지만 이러한 관용(寬容)의 마음은 진정 상대를 받아들여 품을 수 있는 행위는 아니기에 이것이 관용의 마음으로만 그치지 아니하고 진심으로 상대방을 사랑하며 사랑으로 미소 지어주려 할 수 있으려면 이해의 행위를 넘어 스스로의 마음과 생각의 크기를 진정으로 넓혀가려고 해야만 할 것이다. (이는 앞으로 소개할 자아에 대한 이해, 타인에 대한 이해, 사랑의 단락들에서 조금 더 자세히 설명할 것이다.)

이렇게 타인에게 쏟아내는 감정적 분노(Rage) 에너지는 이로울 것이 없는 독(毒)의 에너지로 분류하는 것이 일반적이지만, 이러한 에너지를 잘 조절하여 유익한 에너지로 전환시

킨다면 이는 상황에 따라 자신에게 이로운 영향을 미치는 득
(得) 에너지가 될 수도 있게 된다. 이러한 화(怒) 에너지는 자
신이 신체나 정신적 힘을 사용할 때, 짧은 시간 내에 폭발적
인 힘을 낼 수 있도록 만들어줄 수 있어, 이를 자신이 일을
할 때 사용하는 에너지로 전환 시켜 사용할 수 있다면 이는
스스로의 성장과 발전에 도움을 줄 수 있게 만드는 에너지로
활용될 수 있을 것이다. 대표적으로 운동선수들이 이러한 에
너지를 이러한 용도로 주로 활용하게 되지만, 당신 역시 이
를 활용할 수 있다면 이는 당신에게 도움을 줄 수 있는 생산
적 동력 에너지가 될 것이다. 그러나 이러한 에너지는 금세
소진되어버린다는 단점도 있기에 결국은 스스로가 이러한
장단점을 잘 분별하여 활용하는 것이 가장 중요한 부분이 될
것이다.

- 긍정 에너지(Positive Energy)

  자신이 가지고 있는 에너지를 상대에게도 그대로 전달시켜줄 수
  있는 감정(Emotion) 에너지. 그중 누구에게나 유익한(Benefit) 영향을
  줄 수 있는 에너지를 긍정의 감정 에너지(Positive Energy)라 한다.

사랑, 기쁨, 즐거움, 행복, 웃음과 같은 긍정의 감정 에너지는 매 순간 일어나는 모든 현실 속, 모든 상황 속에서 당신의 모든 에너지를 모두 보충해주고도 충분히 넘치게 남는다!

굳이 의식하거나 알려 하지 않아도 이미 무의식적으로 자각
되어 있으며 어떠한 지식이 없어도 자연스레 느끼고 원하게
되는 것 이를 본능이라 한다. 이러한 본능적인 요소에 입각
하여 자신의 몸이 원하고 반응하는 것을 자신의 관념 속에서
조금씩 따라가 보자.

본능적으로 우리는 행복하길 원하며 분노보단 기쁨을, 미움보
단 사랑을, 다툼보단 평화를 추구하고자 한다.

이러한 감정이 자신에게 좋은 에너지로 작용하여 힘이 된다
는 것을 무의식(본능)적으로 알고 있기 때문이다. 그러므로
이러한 감정 에너지는 이미 누구나가 자신의 삶에서 바라고
추구하고자 하는 궁극적인 긍정의 감정 에너지가 될 것이다.

스스로가 이러한 긍정의 감정 에너지를 하나씩 떠올려보고
자신에게 이러한 감정들이 어떻게 다가오며 이것이 무엇을
의미하는지에 대하여 진정 한 번 더 생각해보자.

사랑(Love), 희망(Hope), 행복(Happiness), 기쁨(Pleasure), 즐거움(Fun)

계속하여 이러한 감정들을 자신의 머릿속에서 떠올리고 있다 보면 이것이 얼마나 강력한 행복의 에너지를 자신에게 가져다줄 수 있는지 알게 될 것이다.

결국 이것을 느껴보기 위해서 당신은 자신이 어떠한 노력을 해야 하며, 무엇을 해보아야만 할지에 대해 생각해보아야만 할 것이다. 이는 스스로에게 자신의 정신적 건강과 신체적 건강 모두를 책임져줄 수 있게 만들어주며 자신의 행복뿐 아니라 타인의 행복에도 매우 유익한 영향을 줄 수 있기에 언제나 이를 잘 알아두고 활용하는 것이 중요할 것이다.

이러한 긍정적 에너지에 대한 지식과 이해의 기반을 쌓아 이를 잘 활용할 수 있게 된다면 이는 결국 어떠한 상황 속에서도 당신이 밝고 활기차게 살아갈 수 있도록 만들어주며, 긍정적인 영향만을 타인에게 선사해줄 수 있어 매우 바람직한 일로 여겨질 것이다.

에너지의
보충과
관리

긍정의 에너지는 당신의 뇌를 보호해주어 언제나 당신이 건
강하고 밝게 살아갈 수 있도록 만들어주지만, 많은 고민과
생각으로 인하여 이러한 에너지가 부족해지면 이는 당신이
부정적인 감정과 생각만을 가지게 한다. 또한 스스로가 자기
제어, 자기 통제를 하려 할 때에는 평상시보다 더 많은 에너
지가 필요하여 당신은 정신적 활력을 잃게 될 수 있고 이는
당신의 신체적 건강까지도 결국 함께 잃게 할 수 있다. 이러
한 상황은 결국 당신의 모든 상황을 더욱더 부정적으로만 몰

아가 당신에게 부정적인 악순환만을 계속하여 일으킬 것이
다. 만일 이를 미리 경계하고자 한다면 언제나 긍정적인 에
너지의 생산을 당신이 하려 하는 것이 가장 좋겠지만 뇌의
에너지 소모를 최소한으로 줄이고 이를 유지하여 뇌의 활력
이 더 이상 일정 수준 이하로 저하되지 않게 만들려는 것이
차선의 좋은 방법이 될 수 있을 것이다.

___

에너지 보충 방법

보통 우리는 건강 에너지를 관리하고자 할 때 음식을 섭취함
으로써 부족해진 에너지를 충당하고자 하며 운동을 통하여
신체를 강화시킴으로써 이러한 신체 내에 더 많은 에너지를
비축해 두려 하기도 한다. 또한 일상적인 음식만으로 채우지
못한 영양분들은 영양제나 비타민과 같은 건강기능 식품들
을 섭취함으로써 별도로 보충하고자 하기도 한다.

그러나 이러한 음식을 섭취함에 있어서도 어떠한 음식이 어떠한 효과를 주고 어디에 작용하는지 알 수 있다면 이는 건강을 관리하는 더욱 효율적인 방법으로 남게 될 수 있을 것이다. 단백질은 뇌의 피질 구성 성분으로써 단백질을 많이 섭취하여 뇌의 피질을 강화시켜 줄 수 있다면 이는 당신의 뇌 건강을 지켜줄 수 있게 만들 것이며, 탄수화물과 같은 당(糖) 성분은 뇌의 피로 회복뿐 아니라 뇌의 활력과 활성화에 많은 도움을 줄 수 있게 만들 것이다.

건강 에너지

에너지 소모 줄이기

이에 이와 같은 물질적 영양분은 사랑과 기쁨 같은 긍정적 감정 에너지원과 함께 결국 당신의 뇌를 건강하게 지킬 수 있도록 만들어주는 물질적, 정신적 에너지원으로 사용되어 당신이 스스로의 건강을 지킬 수 있도록 만들어줄 것이지만, 이러한 일반적 방법 외에도 에너지 소모를 최소한으로 줄여 건강을 지키고 조금 더 이를 효과적으로 관리하는 방법들을 소개하고자 한다.

이에 첫 번째 방법으로 고민이나 위기의 상황 시 짧은 시간 안에 빠른 판단으로 만일 당신이 올바른 해결책을 내릴 수 있다면 이는 당신의 정신적 에너지 소모를 줄여줄 수 있을 뿐만 아니라 고민으로 인하여 허비되는 당신의 소중한 시간까지도 줄여줄 수 있게 되므로 결국은 당신의 뇌 에너지 소모를 절약해주는 가장 좋은 방법이 될 것이다. 그러나 이러한 방법은 당신이 더 많은 지식과 경험을 쌓아가게 될수록(자신을 둘러싼 모든 환경에서 스스로가 조금 더 넓은 시야를 가지게 될 때, 어떠한 상황에서든 사리분별(私利分別)에 착오(錯誤) 없이 정확한 판단을 내릴 수 있게 되어) 점점 더 손쉽고 신속히 활용할 수 있게 될 것이다.

두 번째는 스트레스로 인하여 부정적 에너지가 머릿속에 들어왔을 시 이를 그저 참고 쌓아두려 하는 것이 아니라 스트레스를 받는 상황의 원인을 정확히 파악하여 이를 이해(理解)함으로써 그 즉시 부정적인 에너지를 소멸시켜버리는 방법이 있다.

이는 어떠한 상황이나 현상, 사물, 사람에 대하여 제대로 알지 못하여 발생하게 되는 부정적 스트레스를 부정적 스트레스가 발생하게 되는 원인을 점점 더 정확하게 파악하고 알아감으로써 이를 이해(理解)하여 부정적으로 발생하는 스트레스를 해소(解消)함으로써 이를 최소한으로 줄일 수 있게 만든다. 그러나 이 역시 스스로가 더 많은 지식과 경험을 쌓아 최대한의 시야와 더 넓은 사고(思考)를 갖추게 될 때 조금 더 수월해질 수 있을 것이다.

건강 에너지

세 번째 방법은 사고(思考) 자체를 긍정적으로 바꾸어 스트레스 자체를 스스로가 받지 않는 방법이 될 수 있다.

이는 누구나 불행하다 여기면 누구든 그렇게 여길만한 상황에 있을지라도 이러한 상황에 대한 관념 자체를 스스로 전환시켜 긍정적인 사고를 할 수 있게 된다면 이것이 부정적인 에너지로 발생하게 되는 스트레스를 받지 않게 만들어 뇌의 에너지 소모를 최소한으로 줄이고 이러한 에너지를 지킬 수 있게 만들 것이다. 그러나 이 역시 발상의 전환 기술을 활용하여 긍정적 사고를 하는 방법을 배워야만 하므로 당신은 계속하여 스스로가 이러한 방법들을 알아가려 노력해야만 할 것이다.

건강 에너지 편 최종 정리

신진대사(新陳代謝)의 작용을 통하여 우리의 신체 내에 활력을 가져다주고, 신체적, 정신적 건강(Health)을 유지시켜 우리가 활동할 수 있도록 만들어주는 우리의 건강 에너지(Health Energy). 이는 우리의 일상생활에 반드시 필요하고 삶의 전반에서 계속하여 사용되고 있는 에너지이지만 우리는 이것이 무엇인지도 잘 모르는 채 그저 대부분 이를 소홀히 여기고 살아가게 된다. 그러나 이러한 몸과 정신의 건강 에너지에 대한 지식을 쌓아 자신의 건강을 조금 더 효과적으로 관리할 수 있게 된다면, 이는 당신을 언제 어디서나 밝고 건강하게 만들어주며 최고의 컨디션(Condition)으로 유지시켜 주어, 언제나 당신이 행복하게 살아갈 수 있도록 만들어주는 '삶의 기반'이 되어줄 것이다.

이를 운용할 수 있다면 결국 당신의 자기관리의 기초가 되어 당신이 행복을 찾아가는 데 매우 많은 도움을 주게 될 것이다. 이러한 건강에 대한 기초적 지식을 뒤로한 채 이제 다음 장(章)에서부터는 행복을 찾기 위해 가장 필요한 자신(我)에 대한 발견, 자아(Ego)에 대한 이해 편을 시작해보겠다.

Chapter 3.

자신에 대한
발견
(EGO)

에너지(Energy)
에 대한 분류
와 소개

"자신에 대하여 아는 순간 모든 것이 바뀌고 그 순간,

모든 것은 열리게 된다!"

로댕의 유명한 조각물이 있다. '생각하는 사람'

'나는 누구인가?'와 같은 근원적 질문에 대한 답을 찾으려할

필요는 없지만, 이러한 생각이란 사람에게 주어진 가장 큰

선물이자 축복이기에 스스로 이러한 생각을 가장 먼저 발휘

자신에 대한 발견

하여 자신에 대하여 알아갈 필요는 있을 것이다. 만일 자신에 대하여 무지(無知)하다면, 이는 스스로의 삶에서 삶의 의미와 목적성을 찾지 못하여 혼란과 방황만을 느끼게 될 수 있기 때문이다. 자신만의 자아 정체성을 확립할 수 있다면 이러한 정립이 자신이 할 수 있는 일들에 대한 무한한 가능성과 선택권을 열어놓을 수 있게 만들어, 진정 스스로 진실한 행복 속의 삶을 살아갈 수 있게 만들 것이다.

얼핏 보면 이와 같은 일이 매우 어려워 보일 수 있겠지만, 자아 정체성을 아직 어떻게 확립해야 할지 모르기에, 이는 당연한 일이 될 것이다. 그러나 앞으로 소개할 내용들을 잘 이해하여 따라올 수 있다면 자신에 대하여 알아간다는 것이 그렇게 생각만큼 어려운 일이 아니라는 것을 알게 될 것이다.

'사람은 생각하는 동물이다.'라는 말이 있듯, 당신의 재능인 이러한 생각을 스스로에게로 가장 먼저 발휘하여, 자신을 성장시켜보자.

자신에 대하여 알아가기 앞서 다음과 같은 질문들에 대한 대답 정도는 우선적으로 스스로 생각을 해보고 이를 모른다면 충분히 이러한 대답들을 찾아 나가려는 노력을 해보아야만 할 것이다.

---

(1) 당신은 어떨 때 좋은 감정을 느끼는가?

(자아 정체성 수립, 스스로 행복해지기)

(2) 당신이 가지고 있는 재능이 무엇인가?

(자신감, 자존감 기르기)

(3) 당신은 무엇을 할 때 기쁜가?

(기준, 가치관 확립하기)

(4) 당신이 삶에서 이루고 싶은 일은 무엇인가?

(목표, 목적, 꿈 설정하기)

(5) 당신은 무엇을 할 때 건강해지는가?

(체질 파악, 자기 관리)

자신에 대한 발견

이러한 질문들은 스스로가 자아 정체성을 찾아 자신의 전부를 정립할 수 있게 됨으로써 자신의 자아 정체성을 결국 확립시켜줄 수 있게 될 것이다. 이러한 질문에 대한 해답을 하나씩 찾아가는 과정은 결국 스스로에게 매우 소중한 시간이 될 것이며, 이를 잘 파악한다면 이는 진정한 참된 행복 속에 당신을 한 걸음 더 다가가게 만들어줄 것이다.

———

자신의 기분 파악하기, 자신의 취향 찾기

스스로의 기분을 느껴보고 이를 파악하는 것은 당신이 자신 스스로를 알아갈 수 있기 위한 첫 번째 단계가 될 수 있다.

당신은 당신을 둘러싼 상황에 따라 자신의 기분이 어떻게 변화하고 어떤 때 좋으며 어떤 때 나빠지는지를 정밀하게 살펴 이를 알아보아야만 할 것이다.

진실한 행복 속의 삶

자신 본연(本然)만의 감정에 집중하여 이를 세심하면서도 수월하게 느껴보고자 한다면 모든 것을 무(無)로 돌려놓고 이를 살펴보는 방법이 가장 자신에게 쉽게 집중을 해 볼 수 있는 좋은 방법이 될 수 있다.

만일 당신에게 아무것도 없다는 가정(假定)을 하고 자신의 모든 것을 무(無)로 돌려서 생각을 해본다면 이는 스스로가 떠올리는 사소한 생각 하나하나에서도 사소한 행위 하나하나에서도 기쁨과 즐거움의 감정을 계속하여 느낄 수 있을 것이다.

그러나 이러한 기분을 온전하게 파악해보기 위해선 본연의 자신에게 가장 먼저 집중할 수 있어야만 한다. 이때 주의할 점은 이때의 당신에게는 주위의 아무런 방해나 간섭도 있어서는 안 될 것이라는 것이다. 자신의 온전한 기분과 감정을 파악하여 자신 본연의 모습을 찾으려 한다면 당신은 그 어떠한 것에도 방해받지 않고 잠시나마 주위의 그 어떠한 일에도 신경 쓰지 않고 온전히 자신의 머릿속과 마음속에 머물러야만 한다.

다른 사람의 생각이나 주변 상황에 휩쓸려 자신만의 온전한 기분 집중을 방해받는다면 그것이 자신만의 온전한 기분인 지, 아니면 주변의 상황이나 여건에 동화되어 느끼는 기분인 지를 알 수 없게 되어 이를 분간하는 것이 더욱 어려워질 수 있게 된다. 이와 같은 점은 주위의 상황 속에 동화되어 있는 당신에게 매우 많은 착각과 혼란만을 가져다줄 수 있기에 이 러한 상황에서 벗어나 당신은 결국 혼자만의 시간을 가져보 려 해야만 할 것이다.

결국 이러한 감정을 느껴보며 결국은 당신이 '무엇을 가장 좋 아하며, 무엇을 할 때 신이 나고, 무엇을 할 때 행복한지'를 생각 해보아야 할 것이다.

혼자 있음에도 불구하고 이렇게 자신이 조그마한 기쁨을 느 껴볼 수 있게 된다면 이러한 조그마한 기쁨으로 시작된 행복 감이 조금 더 넓은 마음과 열린 생각을 당신에게 가져다주고 자연스러운 활력을 가져다주어 당신이 더욱더 건강한 신체 와 정신을 갖추어나갈 수 있도록 만들어준다. 이러한 행복의

진실한 행복 속의 삶

에너지에서 파생되는 건강함과 활력은 당신에게 진정으로
당신이 원하는 미래와 꿈을 보여주며 이를 실제 행동으로도
옮길 수 있게 만들어주는 실행 능력 또한 갖출 수 있게 만들
어준다.

이러한 방법을 참고하여 홀로 있을 때에도 자신의 기분을 좋
게 만들어주는 일을 찾아 지속적인 행복을 느끼며 스스로를
즐거움과 기쁨으로 물들인다면, 이러한 모든 일이 행복과 자
아 찾기의 시작이 되어줄 수 있을 것이다.

가장 조그마한 기쁨과 즐거움

이 조그마한 기쁨과 즐거움에서 모든 것은 시작된다!

현재의 상황에서 조금이라도 행복을 느낄 수 있게 될 때 더
큰 행복이 다가오더라도 이를 경계하여 밀쳐내기보단 자연
스레 이를 받아들일 수 있는 수용 능력이 길러질 수 있기 때
문이다.

자신에 대한 발견

기쁨과 즐거움의 감정을 담당하는 활력(activity) 호르몬 도파민이 당신의 뇌에서는 이러한 행복을 느끼게 되면 점점 분비되기 시작하여, 점점 더 큰 기쁨과 즐거움 행복의 자극을 받아들일 수 있는 수용 능력을 길러주며 이러한 도파민의 활성화는 당신에게 사고의 확장을 가져오도록 만들어준다. 행복 호르몬이라 불리는 세로토닌, 도파민, 엔도르핀 등의 호르몬 분비가 촉진되면 이러한 호르몬은 당신에게 긍정의 감정 에너지를 가져다주며, 이러한 감정 에너지는 다시금 당신에게 활력을 가져다주어 당신이 다시 힘차게 살아갈 수 있도록 만든다. 이에 어떠한 상황 속에서도 최상의 컨디션으로 당신을 유지시켜주며, 스스로가 최적의 상태로 조절할 수 있게 만들어줄 것이다. 이러한 행복감을 느낄 수 있게 된다면, 평상시 예민하게만 받아들였던 문제들을 더 이상 신경 쓰려 하지 않고 여유로운 자세로써 유연하고 부드러운 태도로 이를 맞이하게 될 수도 있게 된다. 이에 어느 상황 속에서나 당신은 모든 상황을 즐겁고 기뻐하는 마음으로 맞이하게 될 수 있으며 이와 같은 태도는 다시금 당신에게 긍정적 마인드와 활력을 가져다주는 긍정의 선순환 작용을 이룰 수 있게 만들어줄

진실한 행복 속의 삶

것이다.

이러한 긍정적 에너지 활력의 선순환 작용은 당신이 포기하고 싶을 만한 힘든 상황에서도 좌절하지 않고 스스로 다시 일어나 결국 문제를 해결해 나갈 수 있는 저력 또한, 생겨날 수 있게 만들어주며 신체에도 영향을 주어 에너지와 활력을 당신의 신체에 불어넣어 주는 시너지 효과를 이룰 수 있게 만들 것이다.

이러한 행복 호르몬은 이렇게 신체적 정신적 건강에만 국한되는 것이 아니라 결국 스스로의 정신을 활성화하여 깨달음을 얻을 수 있게 만들며 삶을 조금 더 좋은 방향으로 스스로 바꾸어 나갈 수 있게 만드는 삶의 가장 큰 실천 에너지를 기를 수 있도록 만들어주게 된다.

이러한 행복 호르몬은 결국 당신이 스스로를 성장시킬 수 있는 삶의 가장 큰 버팀목이자 가장 큰 자산이 되어줄 수 있기에 가장 먼저 이를 분비시킬 수 있기 위하여 스스로가 이러

자신에 대한 발견

한 기쁨과 즐거움 행복이라는 감정을 찾아 이를 느끼고 자신의 기분을 스스로 좋게 만드는 방법 등을 알아가려 해야만 할 것이다. 이에 결국은 자신의 취향을 찾아 이러한 기쁨과 즐거움, 행복의 감정을 느껴보는 것이 행복 호르몬을 분비시키는 가장 쉬운 방법이 되어줄 수 있을 것이다.

사람들은 보통 이러한 취향 파악을 그저 하나의 여가 생활 정도로만 여기며 대수롭지 않게 생각하는 것이 대부분이지만 실로 이는 그리 가볍게 여길만한 사항이 아닐 것이다. 이는 행복을 위하여 꼭 필요하게 되는 삶의 근간으로 필수 사항이 될 것이다!

자신만의 취향을 찾아 조그마한 기쁨과 즐거움을 느끼며 사소한 취미를 자신의 몸과 마음을 이롭게 만드는 하나의 수단으로 여기고 이를 즐길 수 있게 된다면 이러한 조그마한 행복의 감정이 당신에게는 하나의 큰 에너지로 다가와 항상 스스로를 기쁘게 만들어줄 수 있으며 더 큰 행복을 느낄 수 있도록 만들어줄 수 있으므로 결국 당신은 이러한 즐거움의 감정을 느껴볼 수 있을 만한 일들을 찾아보아야만 할 것이다.

이에 당신의 취향은 무엇이며 취미는 무엇인가?

다시 말해 어떠할 때 신이 나고 어떠할 때 행복하며 기쁘고 즐거운가? 이것이 음악이 되었든 커피가 되었든 스포츠가 되었든 당신은 자신의 내면에 지속적인 기쁨과 즐거움을 줄 수 있을 만한 취미를 찾아 스스로가 이러한 행복감으로 물들어보려 해야만 할 것이다.

그러나 여기에서 또 하나 주의해야 할 점은 당신이 이러한 취향과 취미를 잘 찾을 수 없다 하여 남들의 취미와 취향을 자신의 취미와 취향과 동일화시키려고 하지는 말라는 것이다.

스스로가 주체성이 없고 자신이 무엇을 좋아하는지를 아직 잘 모르는 사람들은 경험해본 일들이 적어 남들과 함께한 취미를 즐겁다고 생각함으로써 이를 자신이 좋아한다고 느낄 수도 있게 되겠지만, 이러한 취향의 동일화는 보통 자신만의 착각과 혼동으로 발생하는 자기 합리화로 이루어질 수 있는 면이 있다.

만일 같은 체질인 경우에는 다행히도 맞아 떨어질 수 있겠지만, 다른 체질의 경우에는 자신만의 취향을 찾아 진실한 기쁨을 누려보려는 것을 방해하게 되어 매우 흔한 경우로 자신 본연의 모습을 찾아가는 것을 어렵게 만들어버릴 수도 있게 된다. 이에 자신만의 자아 정체성을 확립해보기 위하여서 당신은 자신에게만 철저히 집중하여 자신 본연만의 감정을 오로지 느껴보려고 해야만 한다.

본연의 자신으로 살아갈 때 진정 모두는 가장 건강하며 행복할 수 있다!

당신의 몸과 생각은 다른 사람과 구별되는 유일한 당신의 소유물이며 이는 온전히 당신만의 감정이므로 당신만의 취향은 오로지 당신 자신만이 알 수 있다.

진실한 행복 속의 삶

이러한 기분 파악하기와 취향 파악하기는 자신만의 자아 정체성을 수립해 가려는 데 있어 가장 정확하고도 올바른 방법으로 남게 될 것이며, 올바르게 생각하며 올바르게 나아가려 할 때에만 진정으로 자신에 대한 모든 것을 당신은 파악할 수 있게 될 것이다.

———

오픈 마인드(Open Mind)

조금 더 열린 마음으로 무엇이든 받아들이려 한다면 이러한 자세는 점점 더 많은 행복을 당신에게 가져다줄 것이다!

큰 기회가 오더라도 부정적으로만 바라보고 마음이 닫혀 이를 긍정적으로 보지 못한다면 당신에게 아무리 큰 행복의 기회가 온다 하더라도 이는 떠나갈 수밖에 없게 될 것이다. 이에 자신 스스로가 열게 된 마음의 크기만큼 이러한 행복이나 기회는 모두 다가올 수 있게 된다.

오픈 마인드란 욕심을 버리고 비움의 과정을 거친 뒤에야 비로소 진정 생겨날 수 있게 된다. 이에 자신이 욕심만으로 소유하게 된 모든 것들 중 어떠한 것도 내려놓지 못하고 더욱더 가지기만을 원한다면 이는 자신의 마음을 오히려 더 굳게 닫히게 만들며 이러한 마음이 굳게 닫힐수록 스스로의 고집은 더욱더 강해져 결국 자신만을 더욱 불행하게 한다. 이에 진정 행복해지고자 한다면 욕심으로 가지려 한 모든 것을 내려놓은 뒤 비움의 과정을 거쳐야만 한다.

이러한 과정을 거치고 난 뒤 평안한 기분과 함께 드디어 다시 모든 것을 다시 받아들이려 할 수 있는 오픈 마인드의 자세를 지니게 된다면 이러한 자세는 당신이 여태껏 해보지 못하였던 수많은 경험을 해볼 수 있도록 만들어줄 것이다. 이는 당신이 경험해보지 못함으로써 이해할 수 없었던 타인의 모든 행동을 이해할 수 있게 되어 스스로가 이해하지 못하여 생기는 분노나 혐오와 같은 부정적 감정들을 모두 없애줄 수 있게 만들며 타인에게 베풀 수 있는 더 큰 관용과 더 넓은 아량의 마음만을 지니게 만들 것이다. 또한 스스로가 이러한 마음을 지니고 이렇게 수많은 경험을 해볼수록 스스로의 사고와 시야가 더욱 자라나 넓어진 시야와 세계관 안에 세상의 모든 것을 모두 다 담아버릴 수 있을 것이라는 생각하는 역량(力量)을 지니게 될 수도 있다! 이에 스스로가 이처럼 모든 것을 부정적으로 바라보고 이를 받아들이려 하지 않는다면 주어진 기회조차 떠나갈 수 있게 되겠지만 오픈 마인드의 자세로 스스로가 긍정적인 마음으로 마음의 문을 연다면 열게 된 마음의 크기만큼이나 더 큰 행복이 다가오게 될 것이다.

용기(Brave)

직접 경험하지 않고 생각만으로 추리하거나 결과를 예상하여 유추하는 행위들은 부분적인 면에서는 타당성을 가지게 될지라도 이는 절대 정확하지 않다. 이에 무엇이든 정확히 알고 더 올바르게 판단하고 싶다면 당신은 의도적으로라도 용기를 가지고 이를 선택하여 경험해 보아야만 할 것이다.

이러한 용기는 당신을 더욱 성장시키고 발전시켜 앞으로 나아가게 만들어준다.

스스로가 경험해보지 못한 일들을 도전해보고 경험해봄으로써 당신이 직접 깨달아가고 알아간다면 이는 당신을 더욱 더 앞으로만 발전시켜 나아가게 만들어줄 것이다. 이러한 도전으로 인하여 쓰러지고 넘어진다 하더라도 이는 결코 실패가 아니며 이는 절대 낭비가 아니다!

쓰러진 이유에 대하여 곰곰이 생각을 해보고 이를 교훈으로 삼아 다시 일어날 수 있다면 이는 자신에 대하여 알아가게 되는 하나의 시도이자 체험이 되어 당신에게 깨달음이자 삶의 지혜로 남아 줄 것이다.
이에 절대 이를 망설이거나 두려워하지 마라. 단 하루라도 단 이틀이라도 당신은 무엇이든 용기를 가지고 직접 도전하여 이를 얻어가려 해야만 한다.

성장하기(Grow up)

삶의 여정 속 모든 순간 모든 시간이 평생의 배움터이자 여
행의 장(場)이다. 이에 이러한 삶은 스스로가 생각하고 실천
하는 시기가 가장 좋은 시작의 순간이 되어줄 수 있기에 스
스로가 성장과 발전을 이루는 이러한 인생의 시기(時機)에는
늦음도 빠름도 없으며 정해진 시기 역시 존재하지 않는다.
이에 이러한 인생 자체가 당신에게는 나아가기에 가장 훌륭
한 시간이자 배움의 터가 되어줄 수 있으므로 언제나 이 속
에서 당신은 성장해 나가려 해야 할 것이다.

당신이 경험하는 모든 것은 언제나 훌륭한 배움이자 스승으
로 남아 당신 자신을 스스로 발전시켜줄 수 있기에 당신은
언제나 최선을 다하여 이러한 경험을 쌓아나가려고 해야만
할 것이다. 이에 설령 이러한 과정 속에 아무것도 배운 것이
없고 남은 건 실패와 불행뿐이라고 생각할지라도 이는 당신
만의 착각(생각)일 뿐 사실(진실)과는 거리가 멀다. 이러한 모

든 것은 스스로 느끼지도 못하는 사이에 언제나 당신에게 다가와 하나의 커다란 교훈이자 소중한 깨달음으로 유익한 도움만을 주게 될 것이다.

당신의 인생(人生)에서 가장 필요한 것은 도전해보는 것, 경험해보는 것, 쓰러지고 좌절하며 한 단계 더 성장하고 이로 인해 다시 나아가는 것. 이에 결국 이러한 삶이 끝나게 되는 순간까지 언제나 당신은 계속하여 고군분투하며 앞으로만 나아가려 하자! 이는 결국 스스로의 시야를 넓혀주며 자신을 더욱더 발전시켜주게 만들 것이다. 만일 이러한 성장을 멈추고 싶다면 당신은 이러한 선택으로 인한 행복의 결과만큼 가져가면 되므로 이를 나쁜 선택이라고 볼 수는 없지만, 조금 더 나은 삶, 조금 더 멋진 삶을 원한다면 당신은 계속하여 성장해 가려 해야 할 것이다!

성장을 멈춘 사람의 인생은, 그걸로 끝이며 죽음이다!

무엇이든, 무슨 일이든, 결코 조급해하지도 말며 서두르려 하지도 말고 하나씩 스스로의 몸으로 부딪혀 한 걸음씩만 나아가려 하자. 절대 처음부터 모든 것이 완벽할 수는 없다. 비록 지금 당장은 이러한 경험이 한 걸음씩 다가와 하나씩 모이게 되더라도 당신의 내면 안에 이가 계속하여 축적되다 보면 이러한 걸음은 어느새 하나의 체계(體系)로 정립되어 1+1=2라는 결과가 아니라 100이라는 결과를 가져오게 만들어줄 것이다. 결국 이러한 삶의 매 순간, 시간 속에 최선을 다하여 열심히 살아가고자만 한다면 이러한 삶을 살아가는 과정과 과정 사이에서 이미 당신은 언제나 계속하여 성장해가고 있기에 이는 더욱더 풍족한 삶과 행복만을 당신에게 선사해줄 것이다!

자신에 대한 발견

자신감과
자존감,
당당한 자세
키우기

- 언제 어디서나 당당할 수 있는 자신감
- 주변의 시선에 주눅 들거나, 기죽지 않으며 타인의 말에 휘둘리
  지 않는 자존감
- 자신의 가치관과 신념

이러한 자신감이란 얼마나 많은 것을 아느냐(Know)에 따라
자신의 내면 안에서 스스로 자라날 수 있게 되며 자신이 아
는 것을 얼마나 스스로에게 적용(Application)시켜 이를 자신

만의 능력으로 만들 수 있느냐에 따라 이러한 자존감은 길러
질 수 있게 된다.

또한 이러한 가치관과 신념이란 수많은 경험과 깨달음을 바
탕으로 어떠한 상황에서도 흔들리지 않을 수 있는 자신만의
기준을 얼마나 올바르게 세울 수 있느냐에 따라서 생겨날 수
있게 될 것이다.

이러한 모든 것은 결국 자신이 얼마나 많은 지식과 경험을
갖추어 나가느냐에 따라 자신의 내면 안에서 점점 더 계속하
여 자라날 수 있게 된다. 이에 스스로가 넓은 시야를 갖추어
자신의 세계관이 점점 더 넓어지게 될수록 자신감과 자존감
이 계속하여 커져만 가게 될수록 세상은 당신이 생각해왔던
상상 속 세상 그 이상으로 달라져 보이게 될 것이다.

어린 시절의 나는 어린 나이로는 감당하기에 너무나 큰 시련
과 벅찬 고통을 감내해야만 했다. 도저히 버틸 수 없었던 힘
듦과 좌절의 시간 속에서 나는 될 대로 되라는 식으로 세월

을 보낸 적도 많았고, 너무나 큰 고통 속에 삶을 포기하고자
했던 순간들도 많았다. 그러나 이러한 시련과 죽음의 고통
속에서도 삶의 끈을 놓지 않았던 것은 한 번쯤은 행복을 누
려보고 싶다는 열망(Desire)과 '죽게 되더라도 무엇이든 한 번
쯤은 모두 다 해보고 죽자라고 생각함으로써 가질 수 있게
되었던 열정(Passion)이 있었기에 가능했다. 그리고 세상의
모든 것을 알아가 보고 싶어 했던 나의 재능 호기심(Curiosity)
과 합쳐져 나를 다시 일으켜주는 계기가 되어줄 수 있었다.

이러한 세 가지의 재능은 결국 나에게 수많은 경험을 해볼
수 있도록 만들어 주었고 내 삶의 원동력이 되어 내게 진실
한 행복을 알려주었으며, 이 글을 쓸 수 있는 계기를 만들어
주었다. 이 중 특히 이러한 호기심은 진실한 행복 속의 삶을
알고자 했던, 나의 가장 큰 욕구를 채워준 나의 가장 큰 재
능이자 장점이 되었다. 이는 그저 단순하고 조그마한 흥미로
얕게 알고 넘어가려 하는 호기심보다, 현상 그 자체에 대한
인과관계를 파악함으로써 조금 더 자세하고 깊숙이 알기를
원하는 호기심이었다. 이러한 호기심은 삶을 조금 더 다양한

자신에 대한 발견

각도로 바라볼 수 있게 만들어준 나의 가장 큰 재능이자 능력이 되어줄 수 있었다.

지금 당장은 당신 역시도 자신이 가지고 있는 이러한 재능이 무엇인지 잘 모를 수 있으며 재능을 찾으려 하는 데 오랜 시간이 걸리게 될 수도 있지만 그렇다 하여 지레 포기하거나 굴하려 하면 안 될 것이다!
매우 힘든 시간들을 보낸다 하더라도 그러한 인내의 시간 속에서 조금 더 깊숙이 그리고 곰곰이 생각하며 끝까지 찾으려 한다면, 당신 역시 이러한 당신만의 재능을 반드시 발견해낼 수 있을 것이다.

"구하라, 그러면 길은 열리고 얻게 될 것이다!"

이후 이러한 재능을 단순히 가지고만 있을 것인지 아니면 이를 활용하여 자신을 발전시킬 것인지는 스스로의 몫으로만 남을 것이다. 시련의 시간 동안 나는 내가 버티고 견디며 깨달아간 모든 사실과 진실 진리 등을 그저 머릿속에만 알아두

진실한 행복 속의 삶

고 있으려 한 것이 아니라 나에게 적용하고, 이를 실천으로 옮기려 함으로써 나의 모든 것은 달라질 수 있게 되었다. 이러한 노력은 결국 스스로의 몫이 되겠지만, 자신을 객관화시켜 장점을 살리고 부족한 부분을 개선함으로써 자신을 발전시킬 수 있게 된다면 이는 자신감과 자존감만을 당신의 내면 안에 결국 가득 채워주게 만들 것이다.

자신감과 자존감이 스스로의 내면 안에 가득 차게 된다면 이는 의연하고 단단한 당신의 태도로 나타나게 되어 당신이 더 이상 타인의 부정적인 시선에 신경을 쓰려 하지 않을 수 있으며 어떠한 사람들 앞에서도 주눅 들지 않고 언제나 당당히 자신을 표현하며 살아갈 수 있도록 만들어주게 된다.

자신에 대한 발견

겸손(Humility)

자신을 굽히거나 숙이는 행위를 할 수 있는 것은 자존감이 높은 사람들만이 가능할 수 있다. 이들은 이보다 훨씬 더 중요한 가치들을 이미 스스로가 갖추고 있어 이러한 행위가 자신의 삶에는 아무런 문제가 되지 않는 아주 사소한 행위들이라는 것을 알고 있기 때문이다. 이들은 또한 첨예한 대립 상황이 온다 하더라도 이해관계를 내세워 대립을 키워가려 하기보다는 스스로가 한발 물러나 쉬이 양보함으로써 이러한 상황을 원만히 풀어나가고자 하게 된다. 이처럼 이들은 이러한 행위에 대하여 큰 신경을 쓰지 않지만 자존감이 없이 자존심만 강한 이들은 이를 자신이 이기고 지는 문제로 인식하기에 이러한 상황에 큰 의의를 두려 하게 된다. 자존심 이외에 스스로가 아무것도 내적으로 갖춘 것이 없다는 사실을 아는 이들은 이에 절대로 상대방에게 자신을 낮추거나 굽히려는 면모를 보이게 되지 못하며 스스로의 잘못으로 실수를 저지른다 하게 되더라도 이를 쉬이 인정하거나 사과하려 하지 않고, 발뺌하려는 태도를 보이기도 한다. 이처럼 자신의 내면 안에 스스로가 아무것도 갖춘 것이 없으면, 이러한 여유를 지니지 못하고 자신만의 의견을 내세우게 되지만 '벼는 익을수록 고개를 숙인다.'는 말처럼 스스로가 많은 지식과 경험을 쌓아 자신의 내면에 자신감과 자존감을 가득 채울 수 있게 된다면, 결국 이와 같은 겸손을 유지하며 여유롭고 '부드러우면서도 단단'한 풍성한 내면을 지닐 수 있게 될 것이다.

기준과
가치관
정립하기

매장에서 일하는 것을 나는 매우 좋아하였다. 사람들은 이에 종종 오해를 하곤 하였다. 머리도 좋고 능력도 좋은 놈이 대체 왜 매장에서 일을 하려 하는 걸까? 외부적인 측면에서 보자면, 고액의 연봉을 받는 속칭 화이트칼라의 직업들이 더 좋아 보일 수 있었지만, 나는 양복이라는 복장과 사무실 등지에서 느껴지는 삭막함과 갑갑함이 싫었고, 매장의 분위기와 음악 이곳에서 일을 하는 사람들의 에너지와 활력을 좋아하였다.

자신에 대한 발견

삭막하다면 삭막하다고만 볼 수 있는 사회란 삶의 터전에서 이러한 나에게는 자유분방함으로 자유롭게 일을 즐기며 이러한 일에서 반드시 웃음과 행복을 느낄 수 있어야 한다는 나만의 기준이 존재하였다. 또한 단 하루를 살아도 그 하루를 만일 진정한 행복 속에서 살 수 있다면 이가 정말로 잘 산 인생, 참된 인생이 되지 않을까?라는 가치관이 이러한 내게 존재했다. 나는 결국 내가 즐겁게 일을 하고 사랑할 수 있는 일을 내가 '선택'했다.

결국, 매장의 멋진 음악을 들으며 오늘을 살아가고 내일을 준비하며 일을 하고 사랑을 하며 하루하루를 열심히 살아가는 최선의 삶에서 나는 진실한 행복 속의 삶을 살아갈 수 있게 되었다. 오늘을 살고 내일을 준비하는 자기관리 행위와 최선을 다하여 하루하루를 살아가는 행위 그 자체에서 나는 기쁨과 즐거움의 감정을 느낄 수 있었으며 진정 너무나도 짜릿한 행복의 감정을 맛볼 수 있게 되었다.

나의 기준과 가치관만을 가지고 진정 내가 가장 행복해질 수 있는 방법을 내가 선택하고자 하였다.

추운 겨울날 몸을 쓰고 싶었다. 추위에 웅크리고 앉아있기보다는 몸을 움직이며 돈을 버는 일을 하고 싶어 했다. 그래서 택배 물류라는 일을 시작하게 되었다. 이것은 몸을 움직여 근력을 만들고, 내게 돈도 벌게 해주었으므로 일석이조(一石二鳥)의 효과를 가져다주게 되었다. 돈이란 물질보다 마음의 행복이 나에게는 우선적인 기준이었으며, 하루하루를 행복하게 즐기며 살자는 가치관이 있었기에 내가 하고 싶은 일을 스스로 선택하여 나의 하루를 스스로 행복하게 물들였다.

'스스로가 자신에 대하여 알고 어떠한 것을 추구하고 싶은지 깨달아 온전히 자신을 행복으로 물들일 수 있는 방법을 알게 될 때 진정 당신은 행복해질 수 있게 된다!'

세상의 중력 속에 이끌려가기만 한다면 이는 당신을 힘들고 지치게 만들 수 있다. 그러므로 세상의 중력 속에 이끌려가게 되는 상황에 있을지라도 당신이 자신의 행복을 위하여 자신만의 기준과 가치관을 찾아 자신의 생각과 가치관 안에서 당신이 세상의 다양한 일들을 선택하여 즐길 수 있다면 이는 진정으로 당신에게 최선의 행복과 즐거움만을 선사해줄 것이다. 이에 주위의 시선이야 어떠하든, 그 일이 무엇이든 이를 개의치 말고 당신은 행복한 하루를 보낼 수 있기 위하여 스스로가 가장 좋아하고 행복해할 수 있을 만한 일들을 찾아 그것만을 즐기려 해야 할 것이다. 그러나 이러한 행복을 쟁취해보기 위해서는 결국 당신 자신만의 기준과 가치관이 우선적으로 정립되어 있어야만 한다. 이에 당신만의 기준과 가치관은 무엇인가?

'돈'인가? 그럼 돈을 벌어라.

돈을 버는 자체로 행복을 느낀다면,

그건 행복한 삶이다.

'사랑'인가? 그럼 사랑을 하라.

그것이 추상적이든 구체적이든.

'행복'인가?

진실한 행복 속의 삶

그럼 스스로가 행복을 느낄 수 있는 일을 찾아,

그것만을 하라!

—

시간(Time)의 가치와 중요성 알고 활용하기

"시간을 헛되이 보내지 마라.

시간은 당신이 투자해야 할 가치 중,

그 어떠한 가치보다 중요한 가치이다."

스스로가 불가항력적이고 암담한 상황에 처해 있거나 힘든
상황에 있어 지쳐 있다면 이러한 시간에 자신을 맡기고 쉬
어 가는 것도 괜찮을 것이다. 그러나 더욱 성장하고, 발전하
길 원한다면 당신은 시간에 대한 주도권을 자신이 직접 잡으
려고 해야만 할 것이다. 당신이 세상에 대하여 더 많은 것을
알아가게 될수록 당신의 모든 판단과 결정이 더욱 빨라지게
될 수 있으며, 빨라진 판단과 결정만큼이나 당신에게는 더

많은 여유의 시간이 생겨날 수 있다. 이러한 여분의 시간은 자신의 성장과 발전을 위하여 당신이 또 다른 투자를 할 수 있는 시간을 만들어주게 되므로 이를 얼마나 효율적으로 관리하느냐에 따라 결국 10년의 시간 안에 이루어질 일들도 1년의 시간 안으로 당신이 단축시키는 것이 가능해질 수 있을 것이다. 이에 '시간에 자신을 맡기는 것이 아니라 시간에 대한 주도권을 자신이 잡아 이를 활용할 수 있다면, 이는 결국 삶의 유한한 희소성 면에서는 물론 비교우위를 따지는 경제적 가치 면에서 보게 될지라도 당신의 삶을 가장 성공적으로 이끌어줄 수 있는 최우선적인 가치'로 남게 될 것이다.

———

현명함(Sagacious)과 지혜(Wisdom) 기르기

현명함과 지혜란 어떠한 상황에서도 실수 없이 혼란스러워하거나 당황하지 않고 올바른 선택으로 바람직한 판단을 해낼 수 있는 능력(올바른 판단과 사고)과 위기상황 시 걱정이나 고

민으로 인한 소란 없이 이러한 상황을 잘 마무리 지어낼 수 있는 능력(상황 대처 능력)을 뜻한다.

모르는 자는 넘어지고 왜곡된 진실 속에 속기도 하지만, 무엇이 잘못됐는지조차 모르는 이러한 무지(無知)에 대한 반성이 없다면 이들은 앞으로의 나아감 없이 계속하여 과거 속에서만 머무르게 될 것이다. 또한 고집과 아집으로 이를 알고서도 고치지 않고 회피만 하여 넘어가려 한다면 이와 같은 과오(過誤)는 끊임없이 되풀이되어 갈 것이다. 이에 만일 이를 경계하고 어느 상황에서나 보다 나은 대처 방안을 갖추어 실수 없이 후회 없이 나아가고자 한다면 지식과 경험을 통하여 현명함과 지혜를 기르려 노력해야만 할 것이다. 이러한 현명함과 지혜란 결국 자신이 알아오고 경험해 온 지식의 크기만큼 비례하여 커질 수 있게 되므로 이러한 지식과 경험을 최대한 많이 쌓아나가려 해야만 한다. 이러한 과정 속에서 축적된 현명함과 지혜는 평생에 걸쳐 자신 스스로의 힘이자 강함으로 남아줄 수 있게 되며, 이렇게 배워 터득한 경험은 진정 자신이 행복하기 위하여 무엇이 필요하고 무엇이 불필요한지, 무엇을 원하고 무엇을 원하지 않는지를 스스로 깨닫게 만들어줄 것이다.

결국 이러한 현명함과 지혜가 당신을 더욱더 높은 세상으로도 데려가 줄 수 있기에 만일 이와 같은 현명함과 지혜를 기르고자 한다면 당신은 다음과 같은 항목들에 대한 생각을 해보고 이에 대한 대답을 자신의 머릿속에 미리 정립해놓을 수 있어야만 한다. 스스로의 머릿속에 이것들을 정립해놓을 수 있다면 이는 결국 스스로 이루어가는 모든 일과 상황 속에서 쉽게 흔들리지 않고 자신이 어려운 상황으로 쓰러지게 된다 하더라도 다시 일어나 굳건히 앞으로 나아가게 만들어줄 수 있는 당신 자신만의 현명한 발판이 되어줄 것이다.

진실한 행복 속의 삶

1. 당신만의 버팀목이자 디딤돌은 무엇인가?

2. 어렵고 힘든 선택이나 고민의 기로에서 당신만의 '기준점'은 무엇인가.

3. 당신의 삶에서 진정한 가치는 어떠한 것인가?

4. 자신이 생각하는 옳고 그름의 기준은 무엇이며, 자신이 나아가고자 하는 방향은 어떠한가?

5. 당신에게는 이 세상은 어떠한 의미이며 이 사회 속에서 당신은 무엇을 추구하고 싶은가?

5. 당신에게는 이 세상은 어떠한 의미이며 이 사회 속에서 당신은 무엇을 추구하고 싶은가?

자신에 대한 발견

선택과 집중(Choice and Concentration)하기

여러 일이 동시에 겹치게 되는 순간들이 있다. 그러나 몸은 하나이고 시간과 에너지 역시 한정되어 있어 모든 것을 한 번에 다 잡으려 할 수는 없다. 이러한 수많은 상황들 속에서 자신에게 더 가치 있고 소중한 일을 분간하여 잡을 수 있으려면, 선택과 집중이라는 이러한 철학은 삶의 매우 소중한 철학이 될 것이다.

피상적으로 알고 있는 정보나 여기저기 살짝만 걸치고 있는 관계들에서는 얕은 기쁨이나 사소한 이익 정도를 당신에게 가져다줄 수 있겠지만 많은 실리(實理)를 가져다주지 못한다. 이에 스스로가 더욱 효과적인 행복감과 성취감을 얻고자 한 다면 자신에게 더욱 소중하고 중요한 가치를 선택하여 이에 집중해야만 한다. 자신이 투자하려는 가치에 대하여 올바르게 선택하고 깊이 있게 집중함으로써 자신이 얻어갈 수 있는 가치를 스스로가 극대화시킬 수 있게 된다면 이러한 판단 아

진실한 행복 속의 삶

래 선택되어진 일들은 결국 당신에게 최고의 효용성(Utility)
과 최고의 효율성(Efficiency)만을 보장해주게 될 것이다.

최소한의 투자로써 최대한의 가치만을 얻게 만들어줄 수 있
는 이러한 선택과 집중을 훌륭히 해낼 수 있으려면 당신은
우선적으로 자신의 생활에서 불필요하게 펼쳐놓은 모든 부분
들을 먼저 과감히 정리할 수 있어야만 할 것이다.

효율적이지 못한 부분을 정리함으로 당신은 자신의 신경을
분산시키지 않고 당신이 투자하려는 가치들에 집중을 할 수
있게 된다. 이에 첫 번째로 당신은 자신의 일의 경중(輕重)을
비교해보아 자신에게 가장 소중한 가치가 될 수 있을 만한
일들을 추려 내려 해야만 할 것이다. 최고로 현명한 판단을
할 수 있으려면 자신만의 주관적 견해에서 벗어나 상황 그
자체만을 바라보는 객관성을 가지는 것이 가장 중요한데 자
신에게 주어진 상황의 본질을 객관적으로 파악한 이후, 자
신의 기준과 가치관을 대입하여 이를 생각해보려고 해야 할
것이다. 이러한 객관화는 자신이 갖고 있는 오해와 편견, 선
입견과 같은 모든 주관적 생각들을 버리게 해주고 일차원적

인 시각으로 상황을 바라볼 수 있게 해주어 감정적인 행동이나 착각으로 실수를 저지르는 것을 방지해줄 수 있게 만든다. 상황 그 자체를 멀리서 바라보고 자신의 상황에 어떠한 것이 더 도움이 될 수 있는지에만 그 초점을 맞추어 결국 이를 판단해 보려 하는 것이 언제나 당신에게는 가장 현명하며 최고로 올바른 선택이 될 수 있을 것이다. 그러나 많은 고민으로 인한 시간을 낭비하지 않고 이를 신속히 처사(處事)해낼 수 있으려면 언제나 당신은 자신만의 기준과 가치관이 명확히 정립되어있어야만 할 것이다.

이렇게 불필요한 부분을 과감히 정리하려 할 때 가장 필요한 것은 바로 당신 자신의 용기와 결단력이다. 많은 고민과 흔들림으로 인하여 처음에는 당연히 이를 실행으로 옮기는 것이 매우 어려울 수 있지만 이러한 용기와 결단력을 가지고 불필요한 부분을 정리하여 자신의 선택에 집중을 할 수 있게 된다면, 모든 부분에 걸쳐 조금씩 얻어갈 수 있게 되는 피상적 기쁨들보다 훨씬 더 큰 기쁨과 행복의 가치들만을 결국 얻게 될 수 있을 것이다. 이러한 용기와 결단력을 가지지 못한다

진실한 행복 속의 삶

면 언제까지나 계속하여 의존적인 자세만을 갖게 되겠지만 이러한 용기와 결단력을 갖추고 만일 당신이 스스로만의 중심(Principle)을 잡을 수 있게 된다면 이는 결국, 더 큰 행복과 기쁨만을 당신에게 선사해줄 수 있게 될 것이다.

자신에게 불필요한 부분들을 모두 정리하고 난다면 이때부터는 자신이 선택한 가치들에 집중을 해보려 해야만 한다. 슈퍼 AI 컴퓨터가 아닌 당신은 집중하지 못함으로써 당신에게 소중한 가치가 되는 일들조차 이를 미처 파악하지 못하고 놓쳐버리게 될 수 있다. 이에 만일 자신이 흘려버린 가치가 실제로는 당신에게 매우 중요한 기회였다면 이는 매우 큰 후회와 아쉬움으로 남을 수 있기에 이를 최소한으로 줄이고자 한다면 반드시 이러한 선택에 집중할 수 있어야만 할 것이다. 이러한 집중을 할 수 있게 된다면 집중하지 못하였을 때는 미처 파악하지 못하고 넘어갔던 수많은 부분이 다시 보일 수 있게 될 것이며 남들과 똑같은 하나의 현상을 보더라도 스스로가 그 순간 더 많은 것을 얻어갈 수 있게 되어 더 넓은 안목(眼目)과 시야만을 결국 갖출 수 있게 만들어줄 것이다.

'기회는 누구에게나 주어지지만 이는 준비된 자만이 잡을 수 있다.'

당신의 삶에도 수많은 기회가 무수히 주어지지만 이를 잡지 못하는 것은 언제나 바로 당신 자신이 될 뿐이다. 그저 하루 하루 열심히 살아가는 행위로써 이러한 준비는 충분하지만, 만일 좁은 시야로 이러한 기회를 발견하지 못하거나 준비되지 않은 자세로 이를 놓치게 되는 일을 방지코자 한다면 신속히 선택하여 그것에 반드시 집중할 수 있어야만 한다!

진실한 행복 속의 삶

목적의 중요성,
목표 세우기,
꿈꾸기 편

___

목적의 중요성

비록 어떤 것이 아주 사소한 목적일지라도 목적을 명확히 세운 이후 행동을 하려 한다면 다른 조건의 상황이 부정적으로 흘러가게 된다 하더라도 자신이 세운 목적 하나만을 바라보게 할 수 있어 흔들림 없이 꿋꿋하게 나아가려 할 수 있게 될 것이다. 어느 상황에서든 애초의 목적 하나만을 바라보고자 한다면 예상치 못한 일들로 발생하는 욕심으로 인한 불평과 불만을 가지게 된다기보다는 스스로가 애초의 목적 하나만을 달성하고자 했기에 어느 상황에서든 성취감만을 느낄 수 있게 될 것이다.

'명확한 목적을 세운 이후, 행동하려 하자!'

사소한 행위 하나만을 하려 할 때에도 목적을 세워 움직이는 것이 언제나 바람직하며 이러한 목적을 달성함으로써 느끼게 될 수 있는 성취감은 언제나 또 다른 도전 의지와 계기만을 심어줄 수 있게 만들어 당신 스스로를 언제나 계속하여 발전시켜주게 만들 것이다.

——

목표 세우기

목표를 세울 때 가장 주의할 점은 처음부터 욕심만으로 세우려 하지 말라는 것이다. 큰 꿈을 꿈꾸는 것이야 물론 좋고 이를 좇아 이룰 수 있다면 더 좋을 수 있지만, 이러한 목표가 현재, 현실에서 만일 자신이 달성하기에 꽤 힘든 목표가 된다면 심한 압박감으로 인하여 스스로가 시작조차 못 하게 될 수 있기 때문이다. 이에 이러한 목표 기대(Expectation) 시작점을 당신은 당장 자신의 현실에만 맞추어 잡고 이를 일단 무엇이든 시작하려 해야만 할 것이다. 이것은 절대 꿈을 낮추라는 이야기는 아닐 것이다. 그저 처음부터 당신이 너무 높은 목표만을 바라보려 하지 말고, 자신감과 자존감을 충분히 찾은 이후에 원래의 꿈을 바라보는 방법이 목표에 훨씬 더 빠르고 쉽게 도달할 수 있는 방법이 될 수 있을 것이라는 이야기이다. "시작이 반이다"는 말처럼 사소한 목표라도 이를 하나씩 실행해가야지만 그다음 목표를 향해 한 걸음 더 다가가는 것이 실제로 가능할 수 있다. 두려움이나 망설임으로 인하여 만일 당신이 한 걸음씩 천천히 나아가려 하는 태도를 취하지 않고 처음부터 높은 목표만을 바라보고자 한다면 이는 오히려 당신이 목표에 도달하는 것을 더욱 어렵게만 만들 수 있을 것이다.

자신에 대한 발견

보상 심리로 인하여 사람은 자신이 불행하다 생각할수록 자존감이 낮고, 자신감이 떨어지게 될수록 이를 극복하기 위하여 자신의 현실보다 더욱 높은 욕구와 욕심만을 추구할 수 있게 된다. 이에 목표를 이러한 욕심적인 생각만으로 세우게 되지만 현실과 이상 사이의 괴리(乖離)로 인하여 이는 더 큰 불행감과 좌절감만을 가져다줄 수 있게 만든다. 이러한 실패로 인한 좌절감은 결국 자신감과 자존감만을 다시 떨어뜨리게 만드는 악순환만을 반복시킬 수 있게 되므로 이를 경계하고 실제로 자신의 꿈을 실현코자 한다면 이를 절대 욕심만으로 세우려 하지 말며, 자신이 처한 현실에서 지금 당장에 직접 실천하여 이루어갈 수 있는 일을 우선적인 목표로 잡으려 해야만 할 것이다. 이를 하나씩 성취하며 이러한 성취감으로 인한 기쁨을 느끼고 조금씩 자신을 차근차근 단련시켜 나가려 해야만 할 것이다. 이에 나의 시작은 이러하였다.

- 목적: 건강해지고 싶다. 몸을 건강하게 만들기 위해 움직이면서 돈을 벌어보자.
- 목표: 몸을 움직이며, 돈을 벌 수 있는 곳에서 일을 하자.

작고 단순하게 시작할지라도 이러한 목표를 하나씩 이루어 가다 보면 이러한 과정 사이에서 자신이 원래 꾸어왔던 애초의 큰 꿈들을 생각만큼 힘들이지 않고도 이를 수월히 이루어 낼 수 있을만한 현실적인 방안들을 스스로가 어느새 직접 찾아내게 될 수도 있기에 지금 당장은 자신의 현실 바로 앞만을 보고 목표를 세워 그 과정이야 어떻게 흐르던 자신의 작은 목표 하나만을 이루기 위하여 노력해 나아가야 할 것이다. 이러한 방법이 자신의 큰 꿈들을 오히려 훨씬 더 빠르게 실현시켜 줄 수 있는 가장 바람직한 방법이 될 수도 있기에 가장 근시안적으로 자신이 세운 기준과 가치관만을 가지고 현재의 상황에서 무엇이든 자신이 할 수 있는 일만을 목표로 잡아 이러한 하루하루를 열심히 살아가고자만 해야 할 것이다. 결국, 이러한 일을 하나씩 이루어가며 느낄 수 있는 기쁨과 즐거움, 성취감이란 감정은 더욱더 당신을 건강하고 행복하게 만들어주어 더욱 높은 목표와 꿈을 이루어갈 수 있도록 더욱 강인하며 단단한 모습으로 당신을 성장시켜줄 수 있게 만들어줄 것이다.

자신에 대한 발견

꿈꾸기(Dreaming)

꿈(Dream)은 행복하기 위하여 가장 필요하게 되는 요소들 중 하나이다.

희망(Hope)은 사람을 살아가게 만들어주는 원동력(Motive Power)이 될 수 있다.

기대(Expectation)는 소망(Wish)의 불씨(Starting point)이다.

꿈은 당신에게 희망을 주며 희망은 당신에게 기대감을 주고 기대감은 당신에게 행복의 씨앗을 심어주게 한다. 이에 이러한 꿈을 꾸고 이를 이루어가는 과정 그 속에서 당신은 이미 행복을 느낄 수 있을 것이다.

다른 모든 상황들에서 벗어나 꿈을 이루어가는 과정(꿈을 이루기 위해 희망을 가지고 그 후에 벌어질 기대감을 품게 되는 행위) 그 자체만으로도 이러한 행복 속에 이미 살아갈 수 있게 된다.

이러한 꿈은 행복을 느끼게 해줄 수 있는 가장 좋은 발화점이 되어줄 수 있지만, 지금 당장은 이러한 꿈(미래)이 무엇인지 알 수 없다 하더라도 괜찮을 것이다. 그에 앞서 지금(현재) 당장은 더 많은 즐거움과 기쁨의 감정만을 느껴보고자 해야 할 것이다.

절대로 자신의 미래에 대한 조급함과 걱정만으로 수많은 사람들이 일반적으로 꾸는 꿈을 자신의 목표로 삼으려 해서는 안 될 것이다. 현재(행복을 느끼지 못하는 상황)에 대입하여 꿈꾸는 미래는 결코 정확할 수 없을뿐더러 자신의 상황에 따라 이는(이러한 일반적인 꿈은) 수백 번도 더 뒤바뀌어 버릴 수 있기에 진정 자신만의 꿈, 자신만의 진정한 미래를 꿈꾸어보려 한다면 가장 즐겁고 행복한 기분을 느끼며 가장 건강하고 최고의 컨디션을 지닐 수 있게 될 때에 이를 꾸어보려고 해야만 할 것이다.

행복의 감정을 느낄 수 있게 된다면 이로 인하여 발생하는 참신한 아이디어가 당신을 스스로 일깨워 여태껏은 생각도 해보지 못했던 당신만의 꿈이자 당신만의 진정한 길을 당신의 앞에 보여주게 될 수도 있기 때문이다.

결국은 아직 일어나지도 않고, 알 수도 없는 먼 미래 때문에 이를 지금 당장의 시선으로 바라볼 때 느끼는 막막함으로 인하여 걱정이나 근심만 하며 현재를 헛되이 보내려 해서는 절대로 안 될 것이다!

현재에는 그저 아무런 생각도 하지 말고 기쁨과 즐거움만을 줄 수 있는 일을 찾아 이를 하나씩 이루어가려 하는 것이 가장 바람직할 것이며 즐거움과 기쁨으로 최고의 행복을 느껴본 이후 소소한 예행의 단계를 거쳐 자신의 능력을 키우고 충분한 경험과 지식을 쌓아 더 큰 꿈을 위해 나아가려 하는 것이 결국은 가장 쉽고 빠르며 정확하게 올바른 꿈을 꿀 수 있는 현명한 방법으로 남아줄 것이다.

진실한 행복 속의 삶

자기 관리

취향을 파악하고 자존감과 자신감을 키운 이후에 기준과 가치관을 확립함으로써 목적과 목표까지 세울 수 있었다면 마지막으로 남은 것은 바로 자기관리가 된다. 자신의 생활 패턴을 얼마나 일관되게 유지하여 자신의 컨디션을 얼마나 일관되게 관리할 수 있느냐에 따라서 목표 달성의 성패(成敗) 여부는 달리 될 수 있게 될 것이다. 이렇게 목표를 세우고 난 뒤 이를 달성하기 위해서는 꾸준한 지속성을 가져야 하지만 이는 오로지 자신의 온전한 노력 여부에만 달려있으므로

자신에 대한 발견

이러한 노력이 결국은 자기관리의 핵심적인 사항이 될 것이다.

노력(勞力)이란 글자 그대로 힘을 사용한다는 의미로서 노력을 하지 않고 당신이 얻을 수 있는 것은 결국 아무것도 없다. 이러한 노력이란 어떠한 행위를 하든지 간에 반드시 필요한 부분이기에 앞서 언급했던 건강에 대하여 지식을 쌓는 일, 자신에 대해 알아가는 일련의 모든 과정들에서도 이러한 의지와 노력이란 반드시 필요하게 되지만, 자기 관리 면에서는 위의 사항들보다 더 많은 노력이 필수적으로 요구되기에 결국 스스로의 노력(Endeavor)에 따라 이 모든 것은 바뀔 수 있게 될 것이다.

자립(Self-reliance)

자기관리를 함으로써 또 하나 이루어갈 수 있는 일은 자립

(自立)이다. 이러한 자립은 보통 경제적인 자립이나 공간적인 자립의 의미로 많이 사용되지만 진정한 의미에서의 자립(自立)이란, 결국 내면적인 자립을 의미하게 된다. 그러나 이러한 내면적인 자립(自立)은 당신이 자신을 정확히 알아야지만 결국 가능하게 될 수 있을 것이다. 소크라테스의 명언 "너 자신을 알라"라는 말이 단지 우리가 일생생활에서 사용하는 '겸손해라' 정도의 의미만을 내포하고 있지는 않을 수 있다. 자신에 대한 성찰과 통제, 그리고 자기 관리를 하며 자신에 대하여 알아갈 수 있게 된다면 그것이 결국은 당신에게 내적 자립을 일으켜줄 수 있게 된다. 이러한 행위를 실천함으로써 일상생활 속에서 당신이 자기 관리와 내적인 자립을 모두 이루어낼 수 있게 된다면 이렇게 굳건하게 다져진 당신의 내면적인 요소들은 진정한 자립(自立)의 힘으로 나타나 언제 어디서나 당당한 태도와 올바른 성품으로 당신 스스로가 두 발로 일어나 삶의 주체로서, 삶의 주인공으로서, 당신이 모든 인생, 모든 순간을 자유롭게 즐기기만 하며 살아갈 수 있도록 만들어줄 것이다!

이렇게 자신을 아는 자가 된다면 내적 부분에서는 컨디션에 이상이 생길 때 스스로가 이러한 징후를 파악하여 자신의 건강 상태를 확인함으로써 질병을 예방하거나 자신의 컨디션을 조절하여 언제나 자신을 지킬 수 있게 되며, 스스로가 자신의 내면을 들여다보고 단점을 파악하여 올바른 성품으로 이를 바꾸어나감으로써 자신을 알아서 스스로 관리하게 될 수 있을 것이다. 또한 외적인 부분에서는 갑작스레 어렵거나 곤란한 상황이 닥쳐와 쓰러지고 넘어지게 된다 하더라도 쉬이 좌절하거나 낙담(落膽)하기보다는 혜안(慧眼)과 지혜(知慧)로 스스로가 해결책을 강구(講究)하여 뛰어난 처세술과 능동적인 행동력으로 흔들림 없이 스스로가 이를 헤쳐나가게 될 수 있을 것이다.

이러한 자립(自立)은 당신의 내면을 단단하게 다져주면서도 모든 상황에 대하여 스스로가 유연히 대처할 수 있도록 만들어 언제나 여유로움이 가득한 부드러운 미소를 품을 수 있게 만들어주며 당신의 행동으로 이와 같은 모습이 자연스레 흘러나와 결국 외적인 부드러움과 내적인 단단함을 갖춘 진정한 외유내강(外柔內剛)의 태도 역시도 당신이 갖출 수 있도록 만들어줄 것이다.

———

긍정적 마인드(Positive mind)

가장 기본적인 일인 노동으로 고생만 하였다 생각할지라도 이는 절대 사실(Fact)이 아닐 것이다. 당신은 이미 신체를 사용하여 근력을 키웠고 돈도 벌 수 있었으므로 이는 그 자체만으로도 성공적인 일이다! 이에 그저 기뻐하며 환호만을 지르자!

긍정적인 사고와 마인드란 사실(Fact)에 입각하여 이러한 상황을 어떻게 받아들이고 생각할 수 있느냐에 따라 즉 같은 결과를 두고도 이를 얼마나 긍정적으로 사고할 수 있느냐에 따라 이와 같이 당신의 머릿속에 생겨날 수 있게 된다.

행복으로 가는 길에는 반드시 노력과 고통이 수반되어야 하지만 이러한 길에서 에너지가 부족해지게 된다면 뇌는 부정적인 생각을 하게 된다. 이때 바로 당신은 이러한 상황을 '자각'하여 발상의 '전환'을 해야만 할 것이다. 아무리 어려운 상황 속에 처하게 된다 할지라도 그러한 상황에서 잠시 멀리 떨어져 애초의 목적(결과)은 잠시 제쳐놓고, 상황(과정)만을 객관화하여 상황 그 자체에서 자신이 얻을 수 있는 장점 하나만을 바라보고자 한다면 이러한 사고의 전환이 다시금 당신을 긍정적으로만 바꾸어줄 것이다. 만일 이를 자각하지 못하고 부정적인 생각만을 계속한다면 계속하여 이러한 상황을 부정적으로 보게 되지만 애써 이를 자각하고 의식할 수 있게 된다면, 어떠한 경우에도 즐거움과 웃음 등의 행복한 감정만을 느낄 수 있게 될 것이다! 이에 언제나 깨어 삶의 모든 순간 속에서 감사하며 기뻐하라.

범사에 감사하고 기뻐하며 모든 상황 속에서 얻어갈 수 있을 만한 장점만을 뽑아 이러한 장점으로 인한 기쁨만을 느끼고자 한다면, 이러한 전환의 행위가 스스로의 습관이자 일상으로 바뀌어 이러한 기쁨의 감정만을 계속하여 매사에 누릴 수 있는 긍정적 사고와 마인드를 결국 갖출 수 있게 될 것이다.

진실한 행복 속의 삶

이는 전혀 어렵지 않다. 그저 생각만 바꾸면 된다!

매사 한순간 한순간 자신이 이루는 일들의 행위를 자각하여 상황 그 자체만을 객관적으로 바라보고 부정적 생각이 머릿속에 들어오려 할 때마다 자신이 얻을 수 있을 만한 유익함 하나만을 바라본 채 이러한 유익함에서 나올 수 있는 기쁨과 즐거움의 감정만을 느끼려 한다면 그것이 바로 긍정적 사고의 시작이 될 수 있다!

이러한 긍정적인 마인드는 누가 봐도 부정적으로만 바라볼 수 있는 상황조차 자신이 보는 순간에서 최선의 방향으로 사고할 수 있도록 만들어주어 언제나 건강한 사고와 긍정적인 마음가짐만을 가지게 하며 삶의 모든 순간 속에서 행복만을 느낄 수 있도록 만들어 결국 언제나 기쁘게 웃으며 지금 현재 이 순간을 즐기려 할 수 있는 발상의 시작! '카르페디엠' 으로 당신을 이끌어주게 될 수 있을 것이다.

카르페 디엠(Carpe diem)

행복의 시발점(Start Point)은 '지금 바로',
'현재(Present) 이 순간'을 즐기는 것부터 시작한다!

이에 진정 즐길 줄 아는 사람은 살아 숨 쉬는 것조차 기뻐하며, 감사해 할 줄 알고 지금의 모든 상황을 상황 그 자체로써 소중히 여길 줄 알아야 한다!

지금 이 순간을 즐기려 할 수 있다면 이와 같은 방법은 언제나 당신을 삶의 궁극적인 목표 안에서 계속하여 살아가게 만들어줄 것이다. 삶의 모든 순간들 안에서 자신이 기뻐할 수 있을 모든 장점들을 뽑아 이만을 즐기며 이만을 누리려 한다면, 이와 같은 방법이 당신의 삶에 수많은 순간들로 모여 결국 수없는 행복을 당신에게 선사해줄 것이다. 이에 '티끌 모아 태산'이듯 당신의 조그마한 행복으로 물든 하루가 한 달이 되고, 한 해가 되어 평생이 된다면 당신의 평생은 이와 같은

진실한 행복 속의 삶

행복으로 결국 모두 물들 수 있게 될 것이다.

그러나 이렇게 당신을 둘러싼 현재(Present)의 모든 상황 속에 동화(同化)되어 그 자체로 이를 즐길 수 있으려면 당신은 당신의 마음속에 있는 모든 거짓이나 가식, 기만이나 위선과 같은 악(惡)의 감정들을 완전히 모두 없애버릴 수 있어야만 한다는 것이다. 당신이 가지고 있는 거짓(Lying)이나 의심, 경계, 자기만족적인 위로, 합리화 등은 절대로 당신에게 진실(眞實)을 보여주지 않으며 이를 아무리 보고자 한다 하더라도 이러한 악(惡)의 마음이 당신이 이러한 진실을 보게 만드는 것을 막게 될 것이다. 또한 이러한 현재의 상황에 동화되지 못한다면 현재의 진짜 현실을 당신은 진정으로 살아가지 못하게 될 수 있을 것이다. 이에 오로지 당신은 이러한 거짓(False)을 버리고 선(Good)으로만 순수(Pure)해져 순백의 도화지와 같은 어린아이의 마음을 지니게 될 때 현재(Present)에 흡수될 수 있으며 현재의 상황을 즐기고 참된 행복을 진심(眞心)으로 느껴볼 수 있게만 될 것이다. 이러한 참된 행복의 진리(眞理)까지도 깨달아 이를 실천하며 살아갈 수 있다면, 지금

자신에 대한 발견

까지야 당신의 삶이 어떻게 흘러왔던 이제부터는 이러한 지식의 실천 여하에 따라 최선의 행복이자 최고의 행복으로 바뀌어 당신의 삶은 전개(全開)되어 나갈 것이다!

진실한 행복 속의 삶

자아에 대한 이해 편 최종 정리

물질적으로든 심리적으로든 스스로가 풍족하다고 여길 때에 모든 것은 베풀 수 있게 되며, 자신이 행복하다고 여길 때에 주위의 모두도 행복으로 물들 수 있게 된다. 이에 이러한 자신으로부터 세상으로 모든 것을 확장시켜 나가기 위해서는 삶의 주체로써, 자신이 이러한 행복을 먼저 스스로 느껴봐야만 할 것이다. 이에 자신에 대한 이해와 파악은 이를 느끼기 위한 가장 필수적 사항이 되며 이렇게 스스로가 자신의 자아를 찾아 삶의 주체로서 참된 행복 (이는 타인에게 베풀어줄 수 있는 '이타적 사랑'으로도 이루어지기에) 을 느낄 수 있게 된다면, 그것이 결국은 모두를 이롭고 좋은 방향으로 나아가게 만들어줄 수 있는 아가페의 사랑 역시도 당신이 베풀 수 있게 만들어줄 것이다.

이렇게 참된 행복을 느끼고 알아가기 위하여 알아야 할 많은 철학들과 깊이 있는 생각 역시도 매우 중요하겠지만, 세상(世上)은 자신뿐 아니라 타인, 즉 사람과 사람이 모두 함께 어우러져 살아가게 되는 공간(空間)인 만큼, 자신 이외에도 이러한 타인, 즉 사람에 대한 정보들을 더 많이 알아놓을 수 있게 된다면 그것이 상대에 대한 섣부른 실수나 착각, 판단을 하지 않을 수 있도록 만들어 오해나 의심, 경계 없이 상대방을 대하고 분노나 미움과 같은 악의 감정 없이 진심 어린 사랑으로 상대를 대할 수 있도록 만들어줄 것이다. 결국 다음 단락에서부터 소개하게 될 타인에 대한 이해(사상의학으로 본 체질) 편은 더 많은 이해력과 포용력을 길러줄 수 있게 만들어 당신의 인간관계뿐 아니라 체질에 대한 이해를 도와 당신의 건강관리에도 매우 큰 도움을 줄 수 있는 유익한 시간으로 이루어질 것이다. 이러한 타인에 대한 이해 편은 자아에 대한 이해 편 못지않게 참된 행복을 찾아가는 데 매우 중요한 부분으로써 이루어지게 될 것이다.

Chapter 4

타인
이해하기
(사상의학적 접근)

사상의학의
이해

사상의학(四象醫學)이란 조선 후기 동무 이제마 선생이 창시한
의학 이론으로 사람의 체질을 태양인, 태음인, 소양인, 소음
인 네 가지의 체질로 분류하여 통계적으로 나누고 각 사람의
체질에 맞게 병을 대하여 치료하고자 창시하게 된 학문이다.

(출처: 네이버 백과)

통계학(學)의 일부인 사상의학은 론(論)으로써 완전하게 사실
로써 존재하는 진리(眞理)로 볼 수 없지만, 신빙성의 측면에

서 그 어떠한 학문보다 뛰어나고 정확한 구분법을 보이고 있기에 이를 응용하여 여기에서는 타인에 대한 이해를 해보려 할 것이다.

사상의학의 체질론(論)은 결국 스스로의 체질을 파악하여 자신을 알아가는 일에도 많은 도움을 줄 수 있게 될 뿐 아니라 체질별 사람마다의 심리와 기질, 내면적 특색을 알 수 있게 되어 조금 더 타인을 정확히 분별해볼 수 있는 데에도 많은 도움을 주게 될 것이다.

사상의학(四象醫學)은 사람마다 4가지의 기질과 감정 중에서 각 하나의 기질과 감정에 뚜렷한 특징을 보이게 되는 것을 기준으로 사람의 체질을 크게 4가지 특성적 체질로 나누게 된다. 이러한 기질과 감정이란 사람마다 선천적으로 가지고 태어나는 체질별 특징으로써 가장 내면적인 본성(本性), 즉 본래의 성정에 대한 개념이 될 수 있는데 사람마다 중점적으로 타고나는 이러한 특성적 감정과 기질을 중심으로 이성과 감성이라는 감정의 속성, 부차적으로 체질마다 하나씩 더 가지고 있게 되는 부(部)기질을 더하여 이를 총 24가지의 체질로 구분하고자 하게 된다.

이 책에서는 사람의 체질을 구분하는 여러 특성 중 기질과 감정, 이성과 감성에 대한 소개를 하고, 이와 관련한 체질별 심리적 특징과 사고방식, 성향 등을 함께 소개해보고자 한다.

■ 이성(理性)과 감성(感性)

여기서 언급하는 이성과 감성이란 내면 안에 깊이 내재돼 있는 감정 속성으로써 평상시는 잘 드러나지 않지만 극한이나 위기 상황 시 발휘될 수 있는 개인마다의 고유의 본연적 감정 기질을 뜻하게 된다. 이에 사람들 모두가 이성적인 면과 감성적인 면을 둘 다 지니고 있지만 긴박한 상황에서 이성적으로 대처하느냐 감성적으로 대처하느냐에 따라 이성과 감성의 체질로 다시 한 번 더 나누는 것이다. 이는 상황에 따라 발현되는 대처 모습으로 나누는 것이기에 이성적 체질이라 하여 이성만 가지고 있는 것이 아니며 감성적 체질이라

하여 감성만 가지고 있게 되는 것은 아니다. 이에 이성적 체질은 감성으로 무장되어 있을 때가 오히려 더 건강한 상태라 볼 수 있으며, 감성적 체질은 이성으로 무장되어 있을 때가 정신적 측면에서나 신체적 측면에서 모두 오히려 더 건강한 상태라 볼 수 있게 되기도 한다. 자신의 삶에서 만일 자신의 본질이 그대로 발현되어지고 있다고 느껴진다면 이는 자신이 자신의 한계 근처에서 살고 있다는 뜻이 되기에 현재, 자신이 건강하지 못하다는 상태라는 것을 방증하게 되기도 할 것이다.

이에 참고로 이러한 이성적 체질과 감성적 체질을 구분할 수 있는 방법을 알려주자면, 보편적으로 이성적 체질은 둥근 얼굴, 즉 강아지 상(狀)의 형태를 많이 띠는 편이며, 감성적 체질은 날렵한 얼굴, 즉 고양이 상(狀)의 형태를 많이 띠게 된다.

■ 부(附) 체질

부(附) 체질은 자각(自覺)과도 같은 개념이며 사람이 특징적으로 하나씩 더 가지고 있게 되는 속성과도 같은 기질이 된다. 이러한 부(附) 기질은 정신적 사고에 관한 영역으로 사람들마다 환경과 수준, 세월의 흐름에 따라 크게 나타날 수도 적게 나타날 수도 있는 잠재적 영역의 부분이다.

신체적 특징처럼 외형적으로 나타나는 전체적인 특징들은 주로 주(主) 속성을 통하여 나타나게 되는 것이 일반적인지만 부차적으로 드러나는 이러한 부(附) 속성 역시 자신이 가지고 있는 잠재적 능력이 되기에 수양을 통해 자신을 발전시킨다면 이 역시도 겉으로 또렷이 드러날 수 있다. 이에 이러한 부(附) 기질은 무난하게 살아간다면, 자신만의 성향으로 내포되어 평생 동안 두드러지지 않고 숨겨져 있을 수 있는 자신만의 또 다른 자아이자 또 하나의 기질(氣質)적 성향(性向)으로 결국 분류될 수 있을 것이다.

주(主) 속성(태양인, 태음인, 소양인, 소음인)이 같은 같은 체질끼리도 이러한 부(附) 기질에 따라 이에 결국은 성향이나 심리,

사고방식 등이 모두 다르고 다양하게 나타날 수 있게 되며 주(主) 체질을 따르는 신체적 특징에도 이러한 부(附) 체질이 더하여져 외적으로 드러나는 신체나 얼굴 등에 고유한 특징과 개성을 개인마다 각각 갖추고 달라져 나타나게 될 수 있다.

• 사상의학의 기본적 이해 중 참고할 사항

【 태양인, 태음인, 소양인, 소음인 (4체질) 】

체질별 두각 기질
▼

인(仁) 의(義) 예(禮) 지(知)

본인의 능력을 발휘하기 가장 좋은 에너지의 감정
▼

희(喜) 노(怒) 애(哀) 락(樂)

기질	감정
태양인 : 지혜의 지(知)	슬픔의 애(哀)
소양인 : 예의의 예(禮)	분노의 노(怒)
태음인 : 정의의 의(義)	기쁨의 희(喜)
소음인 : 도움의 인(仁)	즐거움의 락(樂)

위기상황 시 발현되는 본질적 모습에 따른
2가지의 기질 분류 (이성 vs 감성)

- 이성적 태양인, 감성적 태양인

- 이성적 태음인, 감성적 태음인

- 이성적 소양인, 감성적 소양인

- 이성적 소음인, 감성적 소음인

※ 24가지의 체질들은 다음과 같은 방법으로 한눈에 정리해 볼 수 있을 것이다.

타인 이해하기

감정	주 속성(주 체질)	부 속성(부 체질)

진실한 행복 속의 삶

감정	주 속성(주 체질)	부 속성(부 체질)

사상체질에
대한 이해

태양인(太陽人)에 대한 이해

태양인(太陽人)은 지혜의 지(知) 기질을 지니고 있어 태생적으로 매우 지혜롭다. 이러한 지혜의 속성은 태양인이 슬픔(哀)의 감정을 느낄 때 가장 잘 드러날 수 있는데 슬픔(哀)의 속성이 이들에게 가장 큰 에너지를 주는 최적의 에너지원으로 사용되기 때문이다. 이들이 이러한 슬픔을 느끼게 되면 이들의 정신과 신체는 활성화되어 자신이 가지고 있는 지혜(知)의 기질이 가장 크게 분출될 수 있다.(이들뿐 아니라 이는 태음인, 소양인, 소음인에게도 동일하게 적용되는 부분으로써, 자신의 고유 기질이 발휘될 때 가장 활발해지며 활동적이 되고, 스스로가 자신만의 능력을 가장 크게 발휘할 수 있는 특징을 지니고 있게 된다.)

다만 이러한 태양인이 느끼는 슬픔의 감정이란 일반적으로 우리가 느끼는 개인적 슬픔의 감정보다는 조금 더 넓은 의미에서의 범국가적 슬픔, 즉 재난이나 전쟁과도 같은 비상 상황 시에 느낄 수 있는 슬픔의 감정이 될 것이라는 것이 사상의학에서 통용되는 일반적인 견해(見解)다.

대표적인 태양인의 예시로는 백범(白凡) 김구 선생님을 꼽아볼 수 있지만, 태양인으로 태어나는 체질은 전 세계적 인구 비율뿐 아니라 우리나라 인구 중에서도 태생적으로 3% 정도만 나타나는 등 매우 드물기에 이들에 대한 소개는 간략히만 할 것이다. 이에 참고적으로 태양인의 속성 지혜(知)를 부(附) 속성으로 지니고 태어나는 체질은 많아도 주(主) 속성 자체가 태양인으로 태어나는 체질은 많지 않은 편이다.

태음인(太陰人)에 대한 이해

■ 신체적 특징

일반적으로 크고 작음을 떠나 네모나고 각진 형의 얼굴을 많이 띠지만, 둥그스름하고 길쭉한 형의 얼굴을 지니는 경우도 많다. 턱의 형태 역시 각진 턱선의 경우가 많지만 작고 동그란 얼굴에 뾰족하게 나온 턱선을 지니는 경우도 많이 있다. 수염의 경우 구레나룻부터 턱까지 풍성하게 자라서 이어지는 편이 많으며 다리와 팔 등의 부위에도, 소양인과 더불어 많은 털이 자란다. 전형적 태음인은 키와 상관없이 대부분 남녀 모두 발달된 상체와 더불어 건장한 체격을 지니지만, 경우에 따라(특히 감성적 태음인의 경우) 종종 작고 여리한 체구, 또는 가늘고 늘씬한 몸매를 지니는 경우도 많이 존재한다. 하체보다 상체에 더 많은 근력이 집중되어 있어 상체의 힘이 강하고 더 발달되며, 운동을 하면 근질(質)보다 근량(量)에서 더 많은 효과를 보므로 웨이트와 같은 근력 운동이 다른 체질보다 건강의 측면이나 신체적 측면에서 이들에게 더 많은 도움을 줄 수 있게 된다.

선천적으로 근육이 잘 발달하여 근육이 쉽게 붙고, 더 많은 근력을 강화시켜 몸을 크게 키우기에도 적합하며 짧은 시간 내 순간적 집중력을 쏟아 강한 힘(力)을 내는 운동에 또한 적합성을 보여 유도나 야구, 씨름과 같은 스포츠 분야에서 두각을 나타내 보이기도 한다.

■ 본성적 개념

　인(仁) 의(義) 예(禮) 지(知) → 의(義)

　희(喜) 노(怒) 애(哀) 락(樂) → 희(喜)

4가지로 분류된 '감정' 측면에서 희(喜)의 감정을 지니어 기쁨(喜)을 느끼는 순간 가장 큰 에너지를 발산하게 된다.(그러나 이들이 느끼는 이러한 기쁨(喜)의 감정은 남들과 공유된다기보다 대부분 이들 혼자만의 기쁨이 된다.)

4가지로 분류한 기질적 측면에서 의(義)의 성정을 지니고 있어 정의로움을 중요한 가치로 두려고 하는 면이 있다.

■ **형이상학**(形而上學)

보통의 사물처럼 눈에 보이는 형태로 나타나는 것들과 다른 그 이상의 것, 즉 직접 눈에 보이지는 않지만 정신적 공간 속에 일어나는 의식의 형태와 흐름을 형상화(形象化)해내어 머릿속에서만 존재하는 비물질적 정신세계를 실질적인 공간 안에 그려내어 선명히 표현해내려는 일. 이에 유추와 상징성을 띠는 추상적 영역의 현상에 대한 흐름을 사고와 생각의 형태를 자각하여 파악하고 실질적인 세계 안에 이를 풀어내어 이에 대한 이해를 돕고자 설명하는 학문(學文).

■ **지각성**(Preception)

앎, 지식에 관한 깨우침, 터득의 영역으로 이러한 지각성이란 나무가 아닌 숲을 볼 줄 아는 능력이라는 말이 있으며 사물의 한 면이 아니라 전체를 보고 이를 꿰뚫어 파악하는 능력(통찰력) 등을 통칭하여 말하게 되는데 이러한 뇌의 구조에 따른 지각성(perceptive)의 수준이 결국 각 사람마다의 사고와

의식의 흐름 등을 결정하며 이러한 뇌의 구조는 각 사람마다 타고나는 선천적인 체질에 따라 결국 결정되어 나타날 수 있게 된다. 이에 각 체질은 유사한 사고나 심리, 행동 방식 등을 가지게 되지만, 삶을 살아가며 변하는 환경적인 요소로 인하여 같은 체질의 사람이라도 이러한 본성 이외의 성격이나 성향, 태도 등이 모두 다 다르게 나타날 수 있게 만든다. 이러한 지각성의 수준은 모든 체질들의 성향이나 사고방식, 능력들을 이에 결국 모두 설명할 수 있게 만드는데, 이러한 지각성의 수준에서 가장 뛰어난 사고구조(思考構造)적 면모를 보이게 되는 이들은 소음인들이 된다. 그러나 이들은 다른 체질에 비하여 더욱 많이 활성화된 두뇌를 지닌 만큼 정신적, 정서적 불안의 심리를 지니게 되는 경우가 많아 이로 인하여 더 많은 정신질환과 정신적 질병을 얻게 되기도 한다. 이러한 뇌의 구조로 인한 지각성 수준에서 태양인을 제외한 3체질(태음인, 소양인, 소음인) 중 가장 무난하면서도 중간 정도의 보통 수준을 띠게 되는 태음인들은 심하게 형이상학적이지도 않으면서, 심하게 지각력이 없지도 않은, 이에 가장 안정(安定)된 형태의 심리 구조를 가질 수 있게 된다.

■ 태음인의 사고방식과 심리 특성

자신의 눈에 보이는 일만 직접 이해할 수 있는 이들의 사고 방식은 자신의 눈에 보이지 않는 추상적인 부분에 대한 신뢰도나 이해의 면이 낮아 상대방과의 정신적 교류나 정서적 교감 같은 감정적 교류의 면이 부족한 편이다. 이에 이를 이성적으로만 생각할 뿐 감정으로써 직접 느끼거나 자신만의 머릿속에 이를 정립해 받아들이려 하지는 못하여 '사랑의 감정'으로 느낄 수 있게 되는 최고의 행복감 역시 이들은 이를 직접적으로 느낄 수 없다. 이에 이를 마약(Drug)이나 술 등으로 대체하여 뇌 속의 도파민을 직접적으로 자극시킴으로써 이를 대신하여 느끼고자 하지만 이 역시도 자신 혼자만의 기쁨이 될 뿐 결국은 남들과 공유되지 못한다. 이러한 자기만족적(self-satisfaction) 기쁨 추구는 자신만의 이익 추구로 이어져 결국 이들에게 자기중심적인 성향을 갖게 만든다. 이들의 마음속 사랑의 부재는 이들에게 고독한 고립감을 느끼게 하므로 이들은 이를 사회적 활동으로 대체하며 대체적 안도감을 느끼고자 하게 된다. 이에 집단생활에서 자신이 인정받는 것을 매우 중요히 생각하지만 집단 활동에 있어서도 타인에게 관심을 가지기보다는(의식적이든 무의식적이든) 자신과 관련된, 자신만의 본능적인 면, 즉 자신의 기분이나 욕구 등에만 신경을 많이 쓰게 된다. 집단생활을 좋아하는 이들은 집단에서 따라올 수 있는 권력이나 서열에 많은 관심을 갖게 되는데, 이러한 권력이나 서열이 이들의 집단적 위치에 따라 자신만의 자기만족적 면을 추구하면서도 이를 합리화시켜줄 수 있는 좋은 수단이 되기 때문이다. 또한 이는 자신이 자신의 책임이나 실수를 회피하거나 전가(轉嫁)하는데 있어서도 매우 좋은 구실이 되어줄 수 있기에 언제나 이들은 이러한 권력을 추구하고자 하게 된다. 그러나 이러한 미성숙한 심리가 이들의 자존심만을 강하게 만들어 자신의 잘못이나 실수에도 이들은 쉬이 인정하거나 사과하려 하지 않고 책임을 전가하거나 사회적 합리화로 둘러대며 이러한 상황을 빠져나가고자만 하는 모습을 보이게 된다. 또한 스스로가 주체성을 가지고 책임감 있게 행동하려 하기보다 자신보다 뛰어난 모습을 보이는 이들의 것을 그저 보고 배워 따라만 하려는 모방의 행동을 더 많이 보이게 되기도 한다. 그러나 이 역시도 이러한 음흉한 속내가 드러나 이를 들킨다 하더라도 이를 반

진실한 행복 속의 삶

성하거나 인정하려 하기보다는 정당성으로 포장하여 발뺌하려 하거나 위협을 가하여서라도 무마시키고자 하는데 더 많은 노력을 기울이려 한다.

이러한 특성이 결국 이들에게, 자신에게는 관대하고 타인에게는 엄격한 일명 '내로남불'의 성향을 많이 지니게 만들며, 말과 행동의 어긋남으로 이루어지게 되는 언행불일치의 이중적인 모습들 역시 많이 보일 수 있게 만든다.

■ 태음인의 성향

중간 단계의 지각성(perceptive) 수준을 보이며 보수성과 안정이라는 심리 태도를 지니게 되는 이들은 행복이라는 감정 역시 고정적이며 안정적인 만족감을 주는 소재들을 선호한다. 이에 본능의 측면 중에서도 이들은 식욕이 매우 강한 편인데, 이러한 음식이 자신에게 고정적 만족감을 줄 수 있는 안정적 소재로써 기쁨을 주기 때문이다.

보수성과 안정성을 추구하는 이들의 이러한 심리적 선호는 이들의 모든 생활과 삶의 태도에서도 역시 동일하게 나타나

타인 이해하기

취향에 있어서도 변동하지 않는 기계, 즉 정적인 사물이나 고정적 기구를 매우 선호하게 만든다. 이에 자동차나 카메라, 드론처럼 유동적 사물(타인)보다는 고정적 사물에 더 많은 흥미와 관심을 보이게 되며 성(性)의 측면에 있어서도 섹스토이와 같은 고정적 사물의 기구를 다른 체질들보다 더 많이 선호하려는 면을 지닌다. 이는 결국 이러한 기구가 자신이 직접 조종하고 자신의 기분대로만 취급하며 이를 부려도 자신에게 고정적이고 안정적인 만족만을 주기 때문이다.

이들은 또한 스포츠나 오락 게임 등을 직접 즐기는 면 외에도 단순한 시청이나 관람을 매우 좋아하는데 자신의 신체가 정적으로 멈추어있는 상황에서 이들은 더 많은 상상력과 더 활발한 정신력으로 더 많은 즐거움을 느끼게 될 수 있기 때문이다. 더불어 영상이나 시각 효과처럼 보이는 이미지 자극에 민감하게 반응하는 이들의 심리적 선호가 이들에게 영화나 영상물 등을 즐겨보게 만들지만 이는 관음증이라는 도착적 습관으로 이어질 수도 있게 되므로 이를 주의해야 할 것이다.

진실한 행복 속의 삶

보수성과 안정성을 추구하는 심리적 측면은 또한 이들의 자산 관리 분야에서도 그대로 나타나 쉽게 움직일 수 있는 유동(流動) 자산보다 쉽게 변하지 않는 부동(不動) 자산에 이들은 더 많은 투자를 하게 되는 면을 지니게 되기도 한다.

또한 눈에 보이는 것만 쉽게 파악할 수 있는 이들의 사고방식이 세상의 복잡한 현상들을 단순히 수치화하여, 이러한 자신들의 심리를 안정화시키고자 하게 만든다. 수(數)라는 것은 복잡한 현상을 한눈에 파악 가능하도록 만들어 이들에게 자신의 심리를 안정화시켜주는 가장 좋은 수단이므로 이러한 수(數)에 이들은 매우 많은 관심을 본능적으로 보이게 된다. 이에 결국 이들의 이러한 수(數)에 대한 심리적 흥미는 세상의 모든 것들을 점수를 매겨 우선순위를 냄으로 가치에 대한 판단을 하게 만들고, 수(數)를 사용하는 도박이나 주식, 바둑과 같은 확률 계산에 많은 관심을 보이게 한다.

■ 태음인의 사랑

흔히 말하는 안정형, 회피형, 불안형의 연애 심리 중 안정형의 연애에 해당을 하게 된다. 태음인이 지니는 안정성과 보수성의 측면은 결혼이라는 법률의 제도를 크게 벗어나지 않고, 최대한 이를 유지하고자 하기 때문에 내적인 부분보다 외형적인 부분에 많은 사랑의 기준을 두고자 하는 상대를 만난다면 이 둘은 최대한 안정적인 삶을 살아갈 수 있게 된다. 이는 상대방과의 정신적 교감을 이루는 사랑보다 외형적인 모습에 더 많은 가치를 두고자 하는 태음인의 기준과도 일맥 상통(一脈相通)하기 때문이다. 그러나 성격적인 측면에서는 취향이나 이해의 용납점적인 측면이 모두 비슷한 같은 태음인 끼리 만나는 것이 결국은 가장 무난히 잘 살아갈 수 있게만 될 수 있다.

배우자에 대하여서는 정(情)으로 살아가려 하는 면이 많지만, 자식에 대한 사랑에 있어서만큼은 보통 지극한 보살핌과 애착을 보이게 된다. 그러나 이러한 사랑 방식의 이면에는 애완동물(반려동물)을 기르게 될 때와도 같은 동일한 사랑 방식의 개념이 작용하여 하나의 인격으로서 존중하는 사랑 방식이 된다기보다는 서열 관념의 수직 관계적 심리(자신보다 밑에

진실한 행복 속의 삶

있어 자신이 가르치고 부릴 수 있는 보호의 대상)로 자신보다 약하다고 생각하는 개체(자신에게 위협이 되지 않는 안전한 객체)가 자신의 품에서 뛰어놀고 크는 것을 지켜보며 만족하는 절대적 보호의 사랑 방식이 그 작용을 하게 된다.

■ 태음인의 일(Work)

오래 앉아있기 능하며 한번 마음먹은 일은 끈기와 꾸준함으로 끝까지 해내려고 하기에 이들은 대부분 자신의 꿈이나 일적인 측면에서만큼은 매우 많은 성공을 이루어내게 된다. 이에 어떠한 분야에서든 이들의 꾸준한 노력과 끈기만큼 무난한 성공을 이루며 수(數)에 관심이 많은 만큼 특히 이들의 이러한 성공은 부(富)와 직결되게 된다. 이에 이러한 부(富)로 성공을 이루어낸 대표적인 태음인을 꼽자면 '워런 버핏'을 그 예로 들어볼 수 있게 된다.

■ 태음인의 건강, 건강법

간대폐소(肝大肺小)라 하여 간은 건강하지만 폐가 약한 편이다.

안정화된 뇌를 활성화시켜 주고 흥분시켜줄 수 있는 술을 주로 즐기지만 건강한 간을 지니고 태어나 해독 능력 역시 좋으므로 큰 문제가 되지는 않는다. 그러나 폐가 약하여 흡연의 경우는 잘하지 않으며, 피우게 되더라도 무리를 느껴 금방 끊는 편이다. 장(腸)이 약하여 대장 질환이나 항문 질환 등이 잘 발생하지만 타 체질에 비하여 면역력이 좋으므로 잔병치레는 거의 하지 않는 편이다.

홍삼이나 인삼 등의 삼(蔘) 제품은 많은 열(熱)을 지니고 태어나는 이들에게 체온을 다시 높여줄 수 있어 타 체질에 비하여 이들에게 더욱 효과적인 원기 보충을 이루어주며, 평상시 많은 열로 인하여 몸을 차게 만들어 주는 보리나 밀을 원료로 쓴 맥주와 빵과 같은 식품 등이 이들에게는 잘 맞는 편이다. 육류 중에서는 또한 소고기가 커피의 경우에는 우유가 섞이지 않은 에스프레소 종류가 잘 맞는 편이다. (유당 효소가 들어간 제품을 잘 소화시키지 못하는 경우가 많고 정신적으로도 매우 안정화되어 있어 굳이 이들은 정신적인 안정화에 도움을 줄 수 있는 칼슘이나 마그네슘이 포함된 우유를 섞어 마시지 않아도 된다.)

진실한 행복 속의 삶

소양인(少陽人)에 대한 이해

■ 신체 특징

역세모꼴의 길쭉하면서 단단한 말상(馬狀)과도 같은 얼굴의 형을 가장 많이 지니며 발달된 하관으로 인하여 턱선 역시 긴 편이 많다. 그러나 태음인과 마찬가지로 '쪼개어진 형태의 턱선'을 지니는 경우도 많다. 다른 체질에 비해 코와 성기, 손, 발 등의 신체 부위가 크게 자라는 편이며, 다리나 성기에 나는 체모 역시 풍성히 자란다. 키와 상관없이 골반이 좁은 일자형의 몸매를 지니지만 잘록한 허리 라인으로 인하여 대부분 전체적인 비율에 있어선 적절하게 균형 잡힌 몸매를 가지게 된다. 모델이나 농구 선수들처럼 상·하체 모두 골고루 날렵하면서도 늘씬하고 길쭉한 체형들을 많이 지니며 실제로도 이러한 직업에 많은 소양인들이 포진되어 있다. 장대높이뛰기 선수인 일명 미녀 새, 이신 바예바 선수가 대표적 소양인 운동선수로 볼 수 있다.

이들의 사고(思考)방식은 매우 정직하면서도 평면적이고, 단순한 방식을 지니는데, 무엇이든 가장 빠르게 흡수하며 배운 그대로 행동할 수 있다. 이들은 정직한 뇌와 신체를 지닌 만큼 무엇이나 언제든 자신이 노력하는 크기만큼 모두 따라올 수 있게 된다. 이렇게 단순한 사고방식은 많은 신경질환으로부터 이들을 보호하지만 응용을 하는 측면에서는 취약성을 보이게 만든다.

■ 본성적 개념

인(仁) 의(義) 예(禮) 지(知) → 예(禮)

희(喜) 노(怒) 애(哀) 락(樂) → 노(怒)

감정 측면에서 노(怒)의 감정을 지닐 때 이들은 가장 큰 에너지를 발산할 수 있게 된다. 분노(怒)의 감정은 이들을 가장 크게 발전시켜줄 수 있는 이들 본연만의 힘이자 활력으로서 가장 큰 에너지원이 되기 때문이다. (이를 잘 활용할 수 있다면, 이는 매우 큰 성장의 동력원이 되겠지만 잘못 사용한다면 이는 양날의 검처럼 매우 보복적이며, 파괴적인 에너지가 될 수 있을 것이다.)

기질적 측면에서 예(禮)의 성정을 지니고 있어 언제나 이들은 예의 바름을 중시하고자 한다.

순자(荀子)의 성악설을 따르는 이들은 인간은 모두 악하고 못 났지만 이를 숨기고 살아가려 한다는 전제가 기본적인 무의식 속에 깔려 있다. 이러한 심리 기제는 남을 험담하는 행위를 즐기게 만들고 상대를 짓궂게 놀리며 고통을 가하는 행위에서 즐거움과 기쁨을 이들이 찾게 만드는 면을 지니게 만든다. 이들은 폭력적인 성향의 행위 역시 매우 좋아하고 이와 마찬가지로 이를 갈망하지만 도덕적인 기준에서는 악(惡)하다고 보므로 언제나 마음속에만 이를 품은 채 살아가려 한다. 이와 같은 기질은 또한 상대방을 바라보는 행위에서도 그대로 나타나 10가지의 나쁜 행실을 보인다 하더라도 한 가지의 착한 행실만을 보이면 상대가 그다지 악(惡)하다 생각하지 않는 면을 지니게 되기'도 한다.

■ 소양인의 사고방식과 심리적 특성
깊은 생각을 하지 못하는 사고의 평면성과 단순함으로 이들

타인 이해하기

은 다른 체질에 비하여 사기(詐欺)도 당하기 쉬우며 사건과 사고에 자주 휘말리기도 하지만, 자신의 거짓말이나 꾀로 인하여 이들은 스스로 이러한 화(禍)를 자초(自招)하게 되기도 한다. 이들은 이러한 자신의 내면을 혐오하면서도 스스로가 내적인 성장을 위하여 깊이 노력하는 것을 본능적으로 거부하기에 이러한 내적 아름다움을 키우려 하기보다는 대체 수단으로서 겉으로 드러나는 외적 아름다움을 키워 이를 보완하고자 하게 된다. 이에 진한 화장이나 장신구, 옷차림 등으로 외적인 모습을 화려하게 꾸며 치장함으로써 외적 아름다움을 높여 이들의 취약한 자존감을 대신하려 하지만, 내적인 성장을 계속하여 미루려 하기에 자신만의 올바른 판단이나 사고를 하지 못함으로 언제나 낮은 자존감과 열등감만을 계속적으로 지니게 된다. 이러한 심리는 결국 이들에게 유행에 민감한 습성을 지니게 하며 대중적 현상에 뒤처지지 않고 잘 따라가게 만드는 습성을 지니게 만들지만, 스스로가 중심을 잡지 못하고 사회적 조류에 잘 휩쓸려버리는 면을 동시에 지니게 한다.

진실한 행복 속의 삶

■ 소양인의 성향

이들의 무딘 신경은 뇌의 활성화에 도움을 줄 수 있는 격렬한 자극을 본능적으로 선호하게 만들어 이들이 익스트림 (Extreme) 스포츠와 같은 격렬한 활동이나 공포 스릴러물과 같은 영화를 좋아하게 만들며 향신료가 듬뿍 들어간 자극적인 베트남 음식이나 인도 음식, 매운 음식, 역시 매우 선호하도록 만들어준다. 또한 수면욕, 식욕, 성욕, 물욕처럼 모든 인간의 본능적 욕구에 매우 많은 갈망을 하게 만들어 풍부한 상상력과 자극적인 성(Sexual) 소재가 결합하는 취미에도 많은 관심을 갖도록 만들게 한다. 강렬한 자극과 자극적인 것을 좋아하는 이들의 특성은 활동적이며 활발한 외향적 특성을 이들이 기본적으로 많이 지니게 만들며, 자신의 신체를 손쉽게 활용할 줄 아는 이들의 능력이 이러한 심리적 선호와 합쳐져 운동이나 춤과 같은 신체적 활동들을 이들이 매우 선호할 수 있도록 만들어준다.

■ 소양인의 일

열정적인 면이 강하여 관심을 쏟는 분야가 생기면 이들은 무엇이든 이를 이루기 위하여 성과와 관계없이 열심히 노력하고자 하는 모습을 보이게 된다. 이에 대부분 똑 부러지는 스타일로 성장하게 되지만, 창의력과 기획력을 갖추어 스스로가 능동적인 일 처리를 진행하기보다는 유행이나 현상에 이끌려 수동적으로 따라가려 하는 측면을 더 많이 가지게 된다. 이에 리더로서는 적합하지 않지만 주어진 업무에 대하여서는 책임감 있고 성실하게 수행하고자 하므로 성실한 사회적 일꾼으로는 매우 적합한 모습을 보이는 면이 있다.

■ 소양인의 사랑

이성적 소양인과 감성적 소양인 모두 낮은 자존감만큼 강한 자존심을 지니기에 불리한 상황 시 숨고 회피해 버리려 하는 '회피형의 모습'을 보이려 한다. 자신이 믿을 수 있는 상대에게 정직한 모습을 보이는 면에서 이 둘은 공통점을 지니게 되지만, 다른 사랑의 방법에 있어서는 큰 차이를 보이는 면도 있다.

이성적 소양인은 사랑을 감정 그 자체로 느낀다기보다 이를

진실한 행복 속의 삶

행위로써 인식하는 면이 많아 야외를 돌아다니며 멋진 분위기, 멋진 장소에서 데이트를 나누는 활발하고 활동적인 행위를 둘만의 소소한 일상보다 더 많이 선호하게 되는 편이며 챙겨주고, 챙김을 받는 행위에 더 많은 만족과 사랑의 의의를 두고자 하게 된다. 이와 같은 모습은 대표적인 신사숙녀의 행동처럼 비추어져 이와 같은 매너와 배려를 중시하는 면을 지니고 있다. 다른 체질에 비하여 실제 정사 행위에 있어서는 소극적인 면이 많은데 이는 신장이 약하여 정력이 약한 부분과도 관련이 있지만, 무딘 신경으로 인하여 많은 자극이 없으면 이를 그리 많이 즐기지 못하는 면도 있기 때문이다.

이와 반대로 감성적 소양인은 풍부한 감수성을 지니고 있어 사랑이라는 감정을 그 자체로써 매우 깊이 잘 느낄 줄 알며, 성욕 역시도 매우 많아 뜨거운 사랑에서 이어지게 되는 실제의 정사 행위 역시 많이 좋아하는 편이다. 이성적인 면보다는 즉흥성과 본능적인 끌림, 쾌감을 중요시하며 열정적인 쾌락에도 언제나 충실하고자 한다. 또한 이들은 언제나 있는 그대로를 솔직하게 표현하며 자신의 감정이나 심리 상태를 가감 없이 섬세하면서도 풍부하게 묘사할 줄 아는 면을 지니기도 한다.

■ 소양인의 건강

위대비소(胃大脾小)라 하여 위가 강하고 신장이 약한 편이다. 위가 강하여 모든 음식을 술과 함께 잘 가리지 않고 잘 먹는 편이며 소화력 역시 좋은 편이다. 이에 모든 술을 잘 마시지만, 소맥을 즐겨 마신다. 편도선이나 갑상선처럼 목 주위 질환 발병이 많은 편이며, 허리나 목 디스크 등의 질환에도 쉽게 노출되지만 정직한 반응을 보이게 되는 신체만큼 적절한 치료와 관리를 병행하게 된다면, 이는 금방 다시 좋아지게 되는 편이다.

■ 소양인의 건강법

가장 정직한 신체와 정신 반응을 보이는 만큼, 질병 치료 부분에 있어서도 이들은 4체질 중 약이나 관리로 인한 치료에 가장 효과적이면서도 투명한 반응을 보이게 된다. 이에 증상에 따른 적절한 처방을 받아 꾸준히 관리하고 치료하게 된다면 언제나 이들의 노력만큼이나 이들은 다시 정직하게 건강해질 수 있는 면을 지니게 되며 건강에 도움을 주는 식품들을 섭취하고 적절한 운동과 건강 검진으로써 예방과 관리를 하게 된다면 언제까지나 건강한 신체와 정신 균형을 유지할 수 있는 면을 지니고 있다.

소음인(少陰人)에 대한 이해

■ 신체 특징

보통 이들은 계란형의 얼굴 형태를 지니며 적절하게 균형 잡힌 보통의 체격을 지니는 경우가 많다. 남녀 모두 키와 상관없이 상대적으로 타 체질에 비하여 빈약한 가슴팍을 지니게 되지만, 어깨 골격이 넓고 골반이 커 전체적인 비율의 면에서는 조화로운 신체 균형을 지니게 된다. 상체보다 하체의 근력이 발달하여 하체 힘이 필요한 운동에 많은 소질을 보이게 되며, 근량(量)보다는 근질(質)이 강화되는 체질을 가지고 있어 단순히 근육을 늘리는 운동보다는 일상생활에서 키울 수 있는 생활 근육이나 속 근육 강화 운동이 이들에게 더 적합하다. 이에 웨이트와 같은 근력 운동보다는 요가나 필라테스와 같은 속 근육 강화운동이 효과적이며 조깅이나 수영과 같은 전신 운동은 이들에게 몸 전체의 활력을 주고 근육을 자연스럽게 키울 수 있게 만들어 바람직한 면을 많이 지니고 있다. 탁월한 민첩함과 순발력, 지구력 등의 자질과 하체 근력, 근질(質)의 면이 합쳐져 이들은 다른 체질들보다 오래도록 지속하는 운동 또는 재빠른 순발력이 요구되는 운동 등에 더 많은 두각을 보일 수 있게 된다. 이에 대표적인 인물을 꼽아보자면 마라톤 선수인 황영조, 이봉주, 스케이팅 선수인 이상화, 골프 선수인 타이거우즈, 테니스 선수인 샤라포바, 축구 선수인 손흥민, 크리스티아누 호날두, 배드민턴 선수인 이용대 등을 그 예로 들어볼 수 있게 된다.

■ 본성적 개념

인(仁) 의(義) 예(禮) 지(知) → 인(仁)

희(喜) 노(怒) 애(哀) 락(樂) → 락(樂)

감정 측면에서 이들은 락(樂)의 감정을 지닐 때 가장 큰 에너지를 발산할 수 있게 되는데 이러한 즐거움(樂)의 감정은 이들이 본연의 힘을 낼 수 있게 하는 가장 큰 활력소이자 에너지원으로 작용되기 때문이다. (이에 이들은 일이든 사랑이든 언제나 자유롭게 즐거움을 느낄 수 있는 것을 하는 것이 가장 좋지만 보수적인 환경에서는 이를 이룰 수 없는 경우가 많아 건강하지 못한 생활을 하게 되는 경우

타인 이해하기

가 많다.)

성정 면에서 인(仁)의 기질을 지니고 있어 언제나 어려운 이들을 항상 도와주고자 하는 마음을 지니게 된다.

맹자(孟子)의 성선설(性善說)을 따르는 이들은 이에 타 체질에 비하여 가장 순수하면서도 선한 심성을 가지게 되는 경우가 많다. 이들이 즐기는 것은 언제나 선(善)하고 좋은 에너지를 많이 발생시키는 경우가 많지만 때로는 이러한 선한 모습이 자신을 약하게 비춘다는 사실을 알고, 이를 숨긴 채 살아가려 하는 소음인들이 많은 편이며, 어린 시절 성장 과정에서 타인 역시 자신만큼 선하게 보며 성장하려 하지만, 타 체질과 어울리며 생각의 다름으로 인한 타인의 악한 행동들과 모습들에 상처를 받고 고통을 받아 자신만의 관념 속에 타인에 대한 의심과 불신만을 가득 쌓고 마음의 문을 닫아 독해지게 되는 소음인들도 많은 편이다. 이렇게 내면의 선함을 버린 채 가식적으로만 살아가게 되는 이들은 선량한 모습 뒤에 교만과 착각의 심리만을 가지고 무섭고 냉철하며 폭력적인 성향을 품게 되는 소음인들로 변모하여 가기도 한다.

진실한 행복 속의 삶

그러나 이렇게 엇나가는 내면을 지닌 소음인들은 오히려 자신을 숨기고 자신의 감정을 잘 드러내지 않아 이러한 사회에 잘 순응하고 원만한 무리생활을 이루어갈 수 있게 되기도 하는데 이와는 정반대로 본성적인 선의 모습과 순수함을 잃지 않으려다 정신적인 고통과 혼란 속에 우울증과 같은 정신질환으로 자실을 하게 되는 소음인 역시 매우 많이 존재하는 편이다.

■ 소음인의 사고방식과 심리 특성

타고난 뇌의 발달과 신경의 확장, 활성화된 사고를 지니고 있는 이들은 이러한 뇌의 활성화로 인하여 가만히만 있어도 정신적 에너지를 많이 사용하게 되어 금방 잘 지치게 되는 편이다. 이러한 신경의 확장성과 활성화된 사고(思考)는 정신적인 활동을 활발히 일어나게 만들어 이들에게 심리적으로 불안한 불안형의 면모를 지니게 만든다. 이러한 불안함은 결국, 이들에게 미래를 유추하여 모든 상황을 예측해 보려 하는 기질을 가지게 만들고 언제나 모든 것을 계획을 수립해 행동하여 나가는 태도를 지니게 만든다.

신경 쇠약이나 우울증, 조울증, 공황장애 등과 같은 정신적 질환이 많이 발병할 수 있어 이들에게는 특히 단순하게 생각하려는 것과 정신적 안정을 가지려 하는 것이 매우 중요한데, 자신만의 정체성 확립과 이들을 평안히 성장시켜 줄 수 있는 성장 환경은 이들에게 특히 이들의 정신 건강을 위하여 매우 중요한 부분으로 작용하게 된다. 자극적이고 소란스러운 일보다는 조용하고 여유로움이 느껴지는 소박하고 소소한 분위기의 환경을 이들은 좋아하며 치열한 경쟁과 바쁜 분위기 속의 도심보다 평화로움과 평안함이 느껴지는 자연풍경이나 사색적인 분위기를 가진 곳을 선호하려는 면을 지니게 된다. 그러나 신경이 안정화되고 감정을 자유로이 표현할 수 있으며 행복감을 느낄 수 있는 건강함을 다시 지닐 수 있게 된다면 소란스러운 상황이든 여유로운 상황이든 상관없이 이들 역시 이들만의 밝고 활기찬 본연 모습 그대로 자신만의 특색 그대로 자유롭고 활발하게 이러한 상황 모두를 즐길 수 있게 된다.

■ 소음인의 일

보수성이 짙으며 경직된 면이 많은 환경에서는 본연의 감정을 폭넓게 표현하며 활동하기엔 제약이 많아 이들이 이러한 정신 건강을 지키며 건강하게 살아가기란 쉽지 않다. 이들이 건강한 삶을 살고자 한다면 이러한 환경에서는 딱딱하고 경직된 비즈니스 분야보다 음악이나 미술, 방송, 스포츠, 종교의 영역처럼 자유로운 예술 활동 분야에서 일을 하는 것이 자신의 감정을 그대로 마음껏 표현하며 본연의 자세 그대로 자유롭게 즐길 수 있어 이들에게 더 바람직한 면이 많다. 그러나 자유와 개성이 존중되며 자신의 능력만큼 인정받는 환경을 지닌 곳에서 이들이 지낼 수 있다면, 뛰어난 잠재력과 자질을 가진 만큼이나 예술적인 분야에서 활동하지 않아도 수많은 다른 사회적 분야들에서도 역시 이들은 자신의 재능을 마음껏 펼치며 두각을 드러내고 건강하게 살아갈 수 있게 된다. 이러한 환경은 자유로운 일상 자체가 충분한 행복감을 주어 건강이나 생활적 문제를 이들에게 덜 발생시켜주기 때문이다.

이들이 자신의 단점을 잘 극복하고 자신을 잘 파악하여 창조적이고 뛰어난 이들만의 재능을 잘 활용할 수 있게 된다면 언제나 이들은 결국, 자신들이 소속된 모든 분야에서 최고의 위치에 오를 수 있게 되기도 한다. 최고의 위치에 오른 대표적인 소음인들을 꼽아보자면 IT와 같은 혁신 기술 분야에서는 아인슈타인, Facebook 창시자 마크 저커버그, 스티븐 호킹 박사, Microsoft 빌 게이츠 등이 있으며, 인품의 분야에서는 간디나 나이팅게일, 마더 테레사와 같은 위인이 있고, 사상가적인 면이나 예술의 분야에서는 마틴 루터킹 목사, 소크라테스, 아리스토텔레스, 레오나르도 다빈치, 미켈란젤로 부오나로티와 같은 인물 등을 꼽아 볼 수 있게 된다. 이뿐만 아니라 지금 역시도 수많은 예술계와 패션계에서 이와 같은 거장들이 계속하여 최고의 자질과 두각을 드러내며 나타나고 있는 와중에 있다.

■ 소음인의 사랑

이성적인 소음인은 본연만의 순수한 심성으로 인해 대부분 해맑은 어린아이와 같이 순수하게 행동하며 아무 조건 없이

진실한 행복 속의 삶

마음 하나만을 바라보고 사랑을 하는 경우가 많다. 이와는 대조적으로 감성적 소음인은 마음 하나만을 바라보기보다 자신보다 뛰어난, 즉 자신의 단점을 보완해줄 만한 상대방에게 끌려 이러한 사랑을 하게 되는 경우가 많다. 이러한 사랑의 감정이란 결국 이해타산 없이 시작하는 감정의 사랑으로 이는 곧 궁극적인 진실한 사랑의 측면이 되기도 한다. 이렇게 순수한 사랑의 감정을 지닌 소음인들 역시도 서로의 가치관이 가장 잘 맞는 같은 소음인끼리 짝을 맺어 사랑하는 것이 결국은 가장 큰 행복을 누릴 수 있게 된다.

■ 소음인의 건강, 건강법

비대위소(脾大胃小)라 하여 비장이 강하고 위가 약하다. 정력을 주관하는 비장(신장)이 강한 만큼 이들은 정력이 매우 강하며 성욕 역시도 매우 강하다. 그러나 신경을 많이 써 에너지가 약해지면 신장 기능 역시 약해지고 정력 또한 줄어들수 있다. 이와 더불어 위가 약한 만큼 위장 질환이 자주 일어나게 될 수 있다. 이들에게는 열을 보충해주는 쌀이나 현미 등의 식품이 몸을 차게 만드는 보리나 밀과 같은 식품보다 더 좋으며, 소고기보다는 돼지고기나 닭고기가 좋고, 보리 성분의 맥주보다는 쌀이나 현미 등으로 만든 곡주나 와인 등이 더 몸에 좋은 편이다.

정신적 활동이 활발히 일어나는 이들은 타 체질에 비하여 신체적으로 활동적이거나 활발하지 못한 경우가 많지만 성장을 해나가며 정신적인 부분이 안정화된다면 이들 역시 자신의 신체 능력을 잘 활용하고 활동적이며 활발해질 수 있게 된다. 결국, 뇌를 많이 쓰지 않는 운동을 하거나 이들이 단순하게 살 수 있는 일을 하게 된다면 가장 건강하게 살아갈 수 있지만, 여건상 뇌를 많이 쓰는 일을 하거나 이를 추구하고자 한다면 이들에게 뇌의 안정화는 매우 중요한 부분이 될 것이다. 스스로가 이러한 신경의 안정화를 음식이나 환경을 통하여 조절할 줄 알아야만 하는데, 필수 아미노산이 포함된 단백질 식품의 섭취는 뇌의 피질을 보호하여 뇌 에너지의 활력 저하를 막아주고 불안정함을 꽉 잡아주므로, 이를 꾸준히 보충해주는 것이 중요하며 칼슘이나 마그네슘에 들어있는 안정화 성분 역시 이들에게 많은 도움을 줄 수 있어 이러한 성분이 들어가 있는 식품들을 많이 섭취하는 것이 중요한 부분이다.

타인 이해하기

사상의학에 대한
개인적인 견해
(見解)

예로부터 동양은 한의학적인 치료, 즉 한방(韓方)으로 각각의 사람 체질에 맞게 병을 대하여 치료하고자 했다. 그러나 현대에 들어와서는 서양 의학이 더 체계적이라 여기어져 한의학보다 더 많이 알려지고 더 많은 발전을 이루게 되었다. 이러한 서양 의학의 근원이 문제점에서 해결책을 찾는 과정으로 나타나게 되었다면, 동양 의학의 근원은 본질에 대한 탐구와 연구로부터 나타나게 되었다고 볼 수 있다. 이러한 두 학문이 서로의 부족한 곳을 잘 보완하고 상호 작용을 이루

타인 이해하기

어 서로 잘 융합될 수만 있게 된다면 아직까지 풀리지 않았던 사람에 관한 모든 의문들이 결국 모두 풀리게 될 수 있을지도 모른다. 이에 하나의 예시로 의약품을 예로 들어보자면 어떤 사람에게는 약의 효과가 정상적으로(약의 목적 그대로) 나타나지만 어떤 사람에게는 그에 맞지 않는 부작용을 일으키게 되기도 한다. 이러한 의약품이 사람의 체질마다 달리 반응하고 다르게 작용한다는 사실을 참고하여 이를 잘 활용할 수 있게 된다면 부작용을 크게 줄여줄 수 있는 신약의 개발에도 결국 매우 많은 도움을 주게 될 것이다.

이처럼 동양 의학과 서양 의학이 조화를 서로 잘 이룰 수 있게 된다면 이러한 의약품처럼 체질에 맞는 다양한 연구를 진행할 수 있게 되어 사람을 대상으로 한 모든 연구와 실험, 개발 등에서 보다 더 정확한 통계로, 결국 더욱 효과적이고 혁신적인 연구만을 진행하게 될 수 있을지도 모른다.

당신 역시 이와 같은 사상의학 정보를 응용하여 참신한 연구 주제로 이를 사용할 수 있게 된다면 더 유익한 세상을 만들어가는 데 당신 역시도 많은 보탬을 주게 될 수 있을 것

진실한 행복 속의 삶

이다. 한 예시로 나라마다 풍습이나 문화가 모두 다르고 다양하게 나타나는 것을 우리는 보통 일반적인 기후나 환경적인 측면에서만 초점을 맞추어 설명하고자 하지만 이러한 문화가 각 지역에 알맞게 정착될 수 있었던 이유에는, 사실 각 지역에 있던 사람들의 체질에 따라 이와 같이 정착될 수 있었다는 관점을 새롭게 가져보게 될 수도 있을 것이다. 이를 따르지 못하는 사람들은 다른 지역으로 이동하게 되거나 사라지게 되므로 각 지역마다 더 많은 체질의 비율을 차지하는 사람들만이 남아 결국은 이들로 인하여 이러한 이들의 집단 문화나 관습이 결정되어 나타나게 되었다고 볼 수 있을 것이다. 각 체질적 인구 비율이 어느 곳에 더 많이 분포하느냐에 따라 이와 같은 특색이 부각되어 나타날 수 있다는 사실을 이렇게 한 번 더 응용할 수 있게 된다면 이는 한 나라의 문화와 특색을 구분하고 이를 분류하는 데에도 더 나아가 많은 도움을 줄 수 있을 것이다.

취향과 기호, 심리에 따라 구분되어 나타나는 각 체질별 특성과 뚜렷한 특색은 다양한 역사적 인물들을 구분하여 이들의 특색을 나누어줄 수 있게 만들기도 하는데, 이와 같은 예시로 유비, 장비, 윈스턴 처칠, 도널드 트럼프 등은 태음인, 조조, 버락 오바마, 에이브러햄 링컨 등은 소음인, 마초, 관우, 여포, 빌 클린턴 등은 소양인으로 나누어볼 수 있게 되기도 한다. 이러한 체질별 관점은 결국 이처럼 인구의 이동이나 전쟁, 나라의 개혁이나 역사성 등의 연구 면에 있어서도 흥미로운 관점의 도입만을 가져다줄 수 있게 만들 것이다. 인구비율 측면에서만 보자면 소양인과 소음인이 태음인보다 많은 비율을 차지하게 되는 나라들이 세계적으로는 많지만, 동북아시아 영향권(중국, 몽골, 한국)에서는 태음인들이 가장 많은 인구 분포를 차지하게 된다. 이와 같은 점은 동북아시아 나라들의 문화적 측면에 태음인이 가지고 있는 보수성적인 측면이 각자의 다양성과 개성을 존중하기보다는 집단성을 강조하게 만들고 예(禮)를 중시하도록 만들게 되었다는 관점을 가져볼 수 있게 만든다. 또한 이와 반대로 프랑스, 독일, 오스트리아, 그리스와 같은 나라들에선 소음인이더 많은 인구 비율을 차지하여, 자유롭고 개방적이며 보다진취적인 특성을 더 많이 지니게 되었다는 점을 예로 들어볼 수 있게 만든다. 이들만의 참신한 독창성이 결국, 이러한 나라에 미적 감각이 돋보이는 패션과 예술품, 음악과도 같은 예술적인 면들과 함께 혁신적인 과학 기술력, 구조와 건축물 등의 뛰어난 문화적 특색을 갖출 수 있게 만들어주었다.

사상의학적 체질별 분류에 따른 관점은 또한 세계적으로도 이미 많이 진행되고 있는 사랑에 관한 연구에 있어서도 매우 많은 도움을 줄 수 있게 되는데 이러한 하나의 예시로써 [TED] 사랑에 빠진 인간 두뇌에 관한 연구(Helen Fisher)를 들어보자면 이 동영상의 연설에서는 좋은 연인 관계로 발전하기 위해 두 사람의 성격이 어떻게 맞아야 하는지, 생물학적인 이유와 뇌 호르몬 분비 물질로 사람을 크게 4가지 유형으로 나뉜다는 추측이 나오고 아직 해결되지 않는 의문점이 드는 4가지의 유형에 대한 사람들에 관한 이야기가 나오게 된다.[1] (도메인 주소 참조)

---

[1] www.ted.com/talks/helen_fisher_studies_the_brain_in_love/transcript?About &language=ko

이러한 4가지 유형에 관하여 사상의학은 이를 보다 정확히 연구할 수 있도록 만들어줄 수 있는 유용한 학문으로 사용될 수 있을 것이다.

타인에 대한 이해 편 최종 정리

사람들은 본능적으로(이러한 본능은 가장 계산이 없기에 가장 궁극적인 모습이 되기도 한다) 자신과 비슷한 사람(같은 체질)들에게 끌림을 느끼게 되고 이를 이상형으로 삼고자 하게 된다. 그러나 사회라는 현실에서는 이러한 본능과는 달리 현실적인 조건이 앞서 이러한 이상형과는 먼 사랑을 택하고자 하게 되기도 한다. 그러나 이러한 사랑의 선택은 본연적인 성격 차이로 인하여 가장 큰 행복과 사랑의 감정을 평생 동안 느끼지 못하게 만들어줄 수도 있기 때문에 '서로의 사고나 가치관, 성격과 성향 등이 모두 비슷한, 같은 체질끼리 만나려 하는 것'이 결국은 가장 좋은 궁합이 될 것이다. 이에 체질별 사랑 궁합에 대한 이야기를 덧붙여보자면 소음인은 정서적인 공감과 교류에,

태음인은 오랜 기간 동안 쌓이게 되는 정(情)의 측면에, 소양인은 챙겨주고 챙김을 받는 행위의 측면에 사랑의 의의를 많이 두고자 하게 되므로 결국은 이와 같이 체질별끼리의 사랑이 이루어지게 될 때 가장 마찰 없는 최고의 사랑을 할 수 있게 될 것이다. 사상의학의 체질론(論)은 이처럼 단순히 건강적인 측면으로만 머무는 것이 아니라 심리적 측면, 사고(思考)의 측면, 선악의 측면, 사랑의 측면처럼 사람에 대한 모든 방면들에서 이를 보다 정확하고 명확하게 정립해줄 수만 있게 되는 멋진 학문으로 존재하고 있기에, 이러한 사상의학적 지식을 잘 알아둘 수만 있다면 이는 결국 타인을 분별하고 더 많이 이해할 수 있게 되어 행복을 찾아가는 데에도 매우 많은 도움을 받게 될 수 있을 것이며, 스스로의 지식적 발전에도 매우 크게 기여할 수 있게 될 것이다.

타인 이해하기

Chapter 5.

사랑

(Love)

이 글은 이미 행복을 찾은 사람들에게 전해주는 이야기가 아니다.
이 글은 행복을 찾아 행복해지길 원하는 사람들에게 전해주는 이야
기가 될 것이다. 이러한 행복의 비밀 중 진리는 딱 두 가지이다.

'일(Work)과 사랑(Love)'

그 어떠한 것보다 단 이 두 가지가 당신을 세상에서 행복함 그 자체
로 물들게 만들어줄 수 있게 될 것이다.

일(Work)이란 행복의 구성 요소 중 절반을 차지하게 되며 스스로의
삶에서도 절반을 차지하게 되는 부분이다. 이에 만일 이러한 삶의
절반이 되는 일(Work)을 사랑할 수 없게 된다면 참된 행복을 이루기

가 힘들 수 있을 것이다. 억지로 일을 하게 된다 하여 받을 수 있는 스트레스와 피로함은 부정적으로만 당신을 만들어주겠지만 이러한 일을 사랑함으로 기쁘게 받아들일 수 있다면, 이는 당신에게 기쁨의 카타르시스로 다가와 부정적인 생각을 줄여주고 즐거움과 뿌듯함만을 느끼게 만들어 줄 것이다. 이러한 뿌듯함은 결국 다시 지친 당신이 활력을 얻고 스스로를 이끌어가게 만들어줄 수 있는 삶의 원동력으로 또한 작용할 수 있게도 될 것이다. 이러한 일을 사랑하며 당신은 행복의 절반을 얻어가야 할 것이며 자신과 타인을 사랑하여 행복의 전부를 얻을 수 있어야만 할 것이다. 진실로 행복하기를 원한다면 당신의 일(Work)을 사랑하고 당신과 타인을 사랑(Love)해야만 할 것이다! 이에 아가페도 좋고 남녀 간의 사랑도 좋지만 결국 이러한 사랑을 하기 위하여서는 당신이 스스로를 먼저 사랑할 줄 알아야

할 것이다. 언제나 스스로를 가장 먼저 사랑하여 자신의 내면 안에

사랑을 가득 채워야지만 상대에게도 행복을 가득 주는 사랑을 할 수

있게 되어 진정 진실한 사랑, 진실한 행복을 이루어나갈 수 있게 될

것이다.

자신을
사랑하기

언제나 밝고 긍정적인 사람의 공통점은 딱 한 가지이다. 이들은 언제나 자기 자신을 스스로 사랑한다! 그러나 이러한 사랑을 하기 위하여서는 진정 자신의 내면을 사랑할 줄 알아야만 할 것이다. 이러한 내면을 사랑하기 위하여서는 당신이 언제나 떳떳하고 당당하며 솔직한 태도로 진실된 내면을 가지려 하는 것이 가장 중요한 부분이 될 수 있을 것이다. 이에 선(善)하지 못한 내면으로 만일 물들어 있다면 이와 같은 선하지 못한 내면이 이러한 관점으로만 상대를 바라볼 수 있게 만들어 상대방에 대한 신뢰를 쌓는 것을 방해하게 될 수 있다. 결국 이러한 자신을 사랑하고 상대방을 사랑할 수 있으려면 당신은 진실된 내면을 먼저 가지고 있어야 하는데, 이러한 진실된 내면은 자신의 내면 안에 있는 자기혐오와 같은 부정적인 감정들을 모두 없애야만 가능해질 것이다. 결국 지난날의 과오(過誤)를 반성하고 당신이 자신에게 부족한 점을 보완하여 이를 개선해나가고자 하게 될 때 비로소 스스로를 선(善)과 사랑의 에너지로 물들여 자신을 사랑할 수 있게 될 것이다. 이러한 사랑에서 피어나게 되는 진실함이 진정 당신을 진정한 행복함으로 물들여줄 수 있게 될 것이다.

선(Good)

이기심과 욕심만을 지니고 타인에게 피해를 주면서까지 성공을 이루고자 한다면 이러한 성공은 과연 어떠한 의미로 당신에게 다가오게 될까? 그렇게 하여 얻은 성공이 진정 당신

진실한 행복 속의 삶

을 참된 행복의 삶으로 물들여줄 수 있게 만들까? 이는 당신 자신에게 단순한 보상감과 위안, 평안함 정도만을 가져다줄 수 있게 만들겠지만 진정으로 진실한 행복의 삶을 가져다주진 못하게 만들 것이다. 결국 이는 후회로만 점철된 성공적인 삶을 살아가게 만들어줄 것이며 당신은 허상적인 삶에 대해 허무함만을 느끼며 허황된 과거의 영광 속에 착각과 합리화로 스스로만을 묶어 살아가게 만들어줄 것이다. 이러한 피상적인 행복은 결코 오래갈 수도 없으며 인과응보로서 언젠가 당신의 과오에 대한 합당한 업보만을 짊어질 수 있도록 만들어주게 될 것이다. 그러므로 오로지 이타적인 기쁨과 선으로만 이러한 삶을 채워보려는 노력을 해보아야 할 것이다. 이는 자신의 내면 안에 있는 모든 미움이나 분노와 같은 악(惡)의 감정을 모두 없애줄 수 있게 되며 웃음이나 기쁨과 같은 선(善)의 감정으로 당신의 내면을 모두 채워줄 수 있게 만들 것이다. 결국 이러한 선은 점점 더 무한의 긍정 에너지만을 당신에게 계속하여 가져다주어 당신뿐 아니라 온 세상 전부를 모두 궁극적인 행복으로 물들여줄 수 있게도 만들어줄 것이다. 이러한 이타적인 선(善)은 일반적인 선을 베풀 때 느낄 수 있는 짧은 만족과 한순간의 일시적인 행복감만으로 끝나버리게 되는 것이 아니라 영원의 존재와도 같은 시간의 연속성 안에서 계속하여 영원한 기쁨을 누릴 수 있도록 만들어주게 된다. 참된 선(善)이 가지고 있는 진리(眞理)란 그런 것이고 이러한 진리(眞理)란 이런 일을 충분히 실현시켜줄 수 있을 만한 힘(power)을 지니고 있기에 결국 당신은 이러한 선을 베풂으로써 영원한 행복 속에 물들어갈 수 있게 될 것이다. 그러나 이러한 선(善)이란 내면의 진실함으로부터만 결국 나올 수 있게 된다. 이에 완전한 선(善)으로 자신의 내면을 물들이지 않은 채 그저 선(善)의 행위로만 과오(過誤)를 속죄하는 마음으로 베푸는 합리적 보상의 물질적 선(善)이나 자신의 마음을 선으로 채우고자 타인에게 베푸는 심리적 행위의 선(善)은 이에 진정한 의미에서의 참선(眞善)의 개념이 될 수 없다.

그러므로 진정한 선(善)이란 당신의 내면으로부터 시작하게 되는 선이다. (악을 미워하는 마음, 거짓을 싫어하는 마음)

결국 스스로가 진실(眞實)로 자신의 내면 안에 참된 선(善)의 가치관을 갖추고 스스로를 선(善)의 에너지로 감싸 자신이 선(善)이 될 수 있어야지만 이러한 참선(眞善)은 이룰 수 있게 될 것이다. 이러한 선(善)은 결국 가장 올바른 방법으로 참된 행복을 누리고 이를 느끼게 만들어 줄 수 있는 필수 요소이자 진리(眞理)로 존재하게 된다. 삶의 매순간 언제나 웃으며 항상 이러한 선을 베풀 수 있게 된다는 것은 진정 당신 스스로가 선(善)이 되어야만 가능한 일이므로 결국은 당신이 진실한 행복 속의 삶을 살아가는 궁극적 모습이 될 수 있게 될 것이다. 이러한 선(善)으로 물들 수 있으려면 결국 당신의 모든 마음가짐과 행동을 하나하나 개선해나가고자 노력해야만 할 것이다. 자신감과 자존감은 많은 경험으로 지식을 쌓아나가 자신의 능력을 키움으로써 길러질 수 있게 되지만 이러한 성품은 진정 진실 된 사랑과 선(善)의 가치관을 지녀야지만 비로소 자신의 내면 안에 생겨날 수 있게 될 것이다.

스스로를 선(善)의 에너지로 감싸기

선(善)에 물들 수 있는 가장 쉬운 방법은 자신의 언어 습관을 고쳐 나가려 하는 것으로부터 바로 시작할 수 있다. 화가 나거나 분노가 일게 되면 우리는 보통 거친 말과 나쁜 언어들을 내뱉으며 이를 표현하고자 하지만 사실상 이러한 거친 언어는 해소감으로 다가온다기보다는 더욱더 부정적인 감정만을 스스로의 내면 안에 심어주게 만들 뿐이다. 스스로가 이렇게 거칠며 부정적인 언어만을 사용하게 된다면 이는 결국 자신의 내면 안에 부정적인 에너지만을 쌓이도록 만들어 더욱 부정적인 감정으로만 살아가도록 만들어주게 된다. 이러한 악순환을 끊어내고 선(善)의 에너지로 살아가려 한다면 당신은 자신의 언어 습관부터 고쳐나가려 해야만 할 것이다. 스스로가 의식적으로라도 아름답고 고운 언어로만 이야기하려 한다면 당신을 당신의 언어처럼 긍정적이며 맑고 아름다운 선의 에너지로 감싸주게 될 것이다. 스스로를 이러한 선의 에너지로 감싸기 위하여 하나 더 해야만 하는 일이 바로

진실한 행복 속의 삶

이러한 자신의 인간관계를 들여다보고 주위에 자신의 에너지를 고갈시키는 사람이 있다면 이러한 관계를 스스로 먼저 정리할 수 있어야 한다는 것이다. 사람들과 어울리려 할 때 당신의 에너지가 고갈된다면 이는 절대로 당신의 문제가 아니다. 자신에게 해로운 에너지를 주는 사람들과 당신은 전혀 억지로 어울리려 할 필요가 없지만 그럼에도 불구하고 이를 끊어내지 못하여 당신이 자신의 에너지를 고갈시키는 사람들과 함께한다면 스트레스로 인하여 당신의 내면에 거친 언어와 부정적인 생각, 악과 불행의 에너지만이 가득 차게 될 수 있을 것이다. 이러한 행복이란 당신에게 주어진 당연한 권리이며 이를 찾는 것은 당신 자신 스스로의 몫이기에 오로지 당신 자신 스스로의 행복을 위하여 자신에게 부정적인 영향을 미치는 사람들을 과감히 정리할 수 있어야만 할 것이다. 이후 홀로 있는 것이 아니라 당신은 다시 당신에게 좋은 에너지를 주고 선한 영향력을 미치는 사람들을 찾아 이들과 어울리려 노력해야만 할 것이다. 그러나 또한 이들과 어울리기 위하여서는 스스로가 역시 이러한 선의 에너지를 먼저 지니고 있어야만 하기에 결국 스스로가 먼저 이러한 선과 사랑

의 에너지를 갈고 닦아 먼저 이를 베풀며 사람들을 환대하여
맞으려 해야만 할 것이다.

진실한 행복 속의 삶

타인
사랑하기

세상에는 동정이나 연민으로서의 사랑(Sympathy), 스스로를 희생하며 상대만을 위하게 되는 사랑, 스스로만 만족하려는 사랑, 육체적 사랑(Eros) 등 수많은 종류의 사랑이 존재하고 있게 된다. 이처럼 많은 사랑이 다양하게 존재하게 되는 만큼 이를 추구하는 방법 역시 모두 달라 이러한 사랑을 한마디로 정의한다는 것은 매우 어려운 일이 될 것이지만 그럼에도 불구하고 이러한 사랑을 건강할 수 없는 사랑과 건강할 수 있는 사랑으로 구분 지어 볼 수 있게 된다.

건강할 수 없는 사랑이란 일(一)방향적 사랑을 뜻하게 된다. 상대방이 다가와 주기만 바라는 혹은 자신만의 착각 속에 혼자만 하게 되는 사랑은 잠시 동안 일시적인 감정과 기쁨으로 자신에게 행복함을 줄 수는 있게 되어도 상대와의 교감을 이루며 지속적인 사랑의 기쁨은 누릴 수는 없게 만든다. 이 역시 물론 사랑의 일부지만 서로의 사랑 방식이 달라 발생하는 이러한 일(一)방향적 사랑은 자신의 감정을 상대방에게도 제대로 전달해주지 못하지만, 상대가 다가오더라도 이를 제대로 자신이 받아들이지 못하는 상황을 발생시키게 되기도 한다. 이러한 사랑은 한쪽이 먼저 힘들어지게 되며, 서로가 서로를 힘들게 만들어 해피엔딩이 되지 못하는 소모성 짙은 사랑으로만 남게 될 수 있을 것이다. 이는 결국 자신의 내면 안에 사랑이 부재(不在)함으로써 일어날 수 있는 일이기에 스스로가 자신을 사랑할 수 있을 때에 이것은 비로소 해결될 수 있게 될 것이다. 스스로의 가슴안에 사랑이 없으면 상대방에게 진실한 사랑의 감정을 전달해줄 수 없으며 일방적으로 받으려고만 할 수 있어 상대방만을 결국 힘들게 만들 수 있게 되지만 스스로가 자신을 사랑할 줄 알게 된다면 밝고

진실한 행복 속의 삶

긍정적인 에너지만이 결국 자신의 내면 안에 가득 차 상대방을 언제나 기뻐하는 마음으로서만 대하며 사랑을 언제나 가득 줄 수 있게 될 것이다.

건강할 수 있는 사랑이란 서로가 서로에게 지속적인 기쁨과 행복만을 전달해주며 정신적 유대감 속에 즐거움으로 서로를 성장할 수 있게만 만들어주는 양방향(Win-Win)적인 사랑으로 결국 이루어질 수 있게 될 것이다. 이러한 사랑은 그러나 반드시 높은 자존감과 선(善)의 마음가짐, 그리고 진실성으로 이루어진 상대방과의 신뢰(信賴)가 기반(基盤)되어야지만 이루어지게 될 수 있을 것이다. 결국 이렇게 진정 가장 아름답고도 멋지게 빛나는 최고의 사랑을 이룰 수 있으려면 스스로가 자신의 내면을 갈고 닦아 자신의 자존감을 먼저 높이고 스스로를 사랑으로 가득 채운 후에 상대방과의 대화와 소통으로 생각과 감정을 공유하며 서로가 서로에게 존중과 신뢰를 보이게 되어야 할 것이다.

사랑 편 최종 정리

가슴 설레고 미칠듯한 사랑,

이러한 사랑 안에서 피어나는 행복 에너지는

진정 당신의 모든 것을 가능케 만든다!

사랑은 언제나 훌륭하고 아름다운 감정으로만 존재
하기에 이러한 사랑이 어떠하든 당신은 이러한 사랑
을 하고 또 해야만 할 것이다. 이러한 사랑에서 나
오는 마법과도 같은 에너지는 당신의 모든 생각과
관념을 전부 깨뜨려버리고도 180도로 완전히 바꾸
어줄 만한 힘을 지니고 있다. 이에 부딪히고 깨져 아
파만 하게 된다 하더라도 당신은 이러한 사랑을 계
속 해야만 할 것이다. 이러한 사랑을 하려는데 있
어서 이런저런 현실과 조건들에 얽매여 이를 망설이
고자 하는 사람들에게 해주고 싶은 말이 있다. 이

러한 사랑에 절대로 현실적인 이익 요소나 이해관계를 포함시키지 말라는 것이다. 이와 같은 이성적 사랑은 사랑이라기보다 욕심이자 욕망만이 될 뿐 진실한 마음속에서 우러나오는 감정으로서의 사랑을 할 수 없게 한다. 그러므로 오로지 감정에만 충실하여 마음으로만 느끼는 참된 사랑을 이루어보려 해야만 할 것이다. "한 사람의 마음을 얻는다는 것은 온 우주를 얻는 것과도 같다."는 말이 있듯이 타인과 하는 사랑이 쉬이 이루어지긴 힘든 일이 될지라도, 이러한 사랑이란 오묘하고도 소중한 행복의 고귀한 열쇠이기에 반드시 이러한 사랑을 이루기 위하여 당신은 끊임없이 노력해가야만 할 것이다.

사랑이란 세상에서 가장 위대한 것이므로,
당신은 자신을 사랑하고,
타인을 사랑하며,
자신의 일을 사랑하려 해야만 할 것이다!

Platonic Love

가장 대표적 철학자 소크라테스와 플라톤이 한 사랑의 방법 중 하나로 사랑에 대한 본질의 이해 면에서 왜곡이 없으면 좋을 것 같아 이를 소개해보고자 한다. 플라토닉 사랑은 보통 신체적 사랑(Eros)의 반대 개념으로 생각하지만 이는 흑백논리가 될 뿐 이러한 신체적 사랑의 반대 개념이 전혀 아니다. 플라토닉 사랑은 지적 쾌락을 추구하는 사람들의 정신적 사랑 방식이 될 뿐이다. 호기심이 많은 사람들은 아는 것(Know), 즉 지식에 관한 갈망이 매우 많은데 이러한 지적 대화가 이들의 뇌를 자극하게 되면 이들의 뇌에서는 지적 쾌락으로 인한 도파민이 나와 매우 많은 쾌감을 이들에게 안겨다 줄 수 있게 만든다. 이는 마치 사랑의 기쁨으로 나오는 도파민의 자

진실한 행복 속의 삶

극과도 같아 이들은 이러한 깨달음을 서로 공유하며 사랑의 기분과 동일한 감정을 느낄 수 있게 된다. 도파민이 터지는 사랑에서 나오는 이러한 쾌감은 진정 너무나도 황홀하며 짜릿한 자극을 선사해 주게 되는데 이는 마치 온 세상의 행복을 다 가진 것과 같은 기분을 느끼게 만들어 준다. 이러한 느낌이 흡사 정신을 혼미하게 만드는 마약과도 같아 사랑을 종종 마약에 비유하게 되는 이유가 되기도 한다.

Agape Love
(아가페 사랑. '선'을 베푸는 행위)

세상의 모든 것을 '선'으로 물들이고, 세상의 모든 것을 품으려 할 수도 있는….

아가페 사랑이란, 무조건적인 희생과 베풂으로써만 이루어지며 연민과 동정이라는 감정에 그 기반을 두게 된다. 이는 진정한 참선의 의미가 되기도 하며 진실한 선(善)으로 이루어지는 실로 가장 크고도 위대한 사랑이 된다.

Chapter 6

진실한 행복 속의 삶을
살아갈 수 있게 만드는
7가지 방법

모두가 자신만의 고충을 가지고 삶을 살아가게 되지만, 그것이 외부적인 여건에 의한 고충이라면 이러한 외부적인 여건은 단(短)시간 내에 쉬이 바뀌지 않는다. 이 글 역시도 당신의 외부적인 여건들을 바꾸어줄 수는 없겠지만 이 글에서 얻은 정보로 인하여 내적인 부분들을 하나씩 바꾸어갈 수 있게 된다면 이러한 변화가 결국 당신에게는 행복을 가져다주게 될 것이다. 세상을 보는 시각과 관점을 바꾸어, 스스로가 사고와 시야를 키움으로써 자신의 주관적인 생각에서 탈피할 수 있다면 그동안 자신을 힘들게만 만들었던 모든 외부적 상황들이 실제로는 자신에게 아무런 영향도 주지 못하는 사소한 일들이라는 것을 스스로 깨달을 수 있게 되어, 외부적인 상황 속에 스스로를 옭아매어 힘들어만 하던 당신의 상황적 속박에서 벗어나게 될수 있을 것이다. 그러므로 진정 행복하길 원한다면 그 시작점은 언제나 당신 자신으로부터 시작한다는 것을 다시 한 번 더 명심해야할 것이며, 이러한 자신의 내면을 온전한 행복으로 물들여보는 것이 결국은 이 모든 일들의 시작이 될 것이다. 이에 마지막 장에서는 이러한 태도를 지닐 수 있게 만들어 주는 삶의 7가지의 철학을 최종적으로 정리해보는 시간을 가질 것이며 이러한 삶의 지혜는 결국 행복의 세상 안으로 당신을 한 걸음 더 다가가게 만들어줄 것이다.

가장 크고 멋진 행복은 언제나
당신 자신의 내면으로부터 시작하게 된다

뜻밖의 도움이나 행운을 기대하고 무엇인가에 의지를 하고
자 한다면 이러한 행복을 외부에서부터 찾으려 한다는 뜻
이기에 이는 옳은 방법이 아니다. 이러한 행복이란 이렇게
외부로부터 다가오는 것이 아니라 내면으로부터 외부로 퍼
져나가게 되는 것이다. 행복이란 결국 쉽고(Ease) 편안하며
(Comfort) 안정적(Relief)인 만족감(Satisfaction)만을 주어야만
한다. 외부적인 요소로 느낄 수 있는 일시적인 기쁨과 즐거
움의 감정이 아닌 스스로의 내면으로부터 나올 수 있는 지속
적인 기쁨과 즐거움의 감정을 찾으려고 해야 할 것이다.

생각을 미루지 마라. 생각하지 않고 회피하여 이룰 수 있는 일
은 아무것도 없으며, 생각을 점점 더 미루게 될수록 행복은 점
점 더 멀어져가게 될 것이다.
당신은 자신의 삶에서 가장 소중하다 생각하는 가치들을 먼

진실한 행복 속의 삶

저 생각해보고 이를 실현해볼 수 있을 만한 구체적인 방안을 함께 생각해보아야 할 것이다. 자신이 선택한 가치를 이루어 나가기 위하여 이와 같이 노력하는 과정이 결국 당신을 기쁨과 행복이 가득한 세상 속으로 데려가 주게 될 것이며 단 한 순간이라도 스스로가 이렇게 참된 행복으로 물들어볼 수 있게 된다면 이것이 진정 당신의 진짜 삶의 시작이 될 것이다.

진실한 행복 속의 삶을 살아갈 수 있게 만드는 7가지 방법

2

경험으로만 남게 될지라도
일단 무엇이든 해보아야만 한다

경험은 매우 중요하다. 경험해보지 않고 생각만으로 유추하는 행위에는 한계가 존재한다. 그리고 이러한 한계는 당신만의 생각 속에 자신을 가두게 된다. 이를 탈피하고 시야를 넓히고자 한다면 당신은 무엇이든 경험해보고 이를 체험해보려 해야만 할 것이다. 그것이 무엇이든지는 전혀 상관이 없다. 이러한 체험을 해보는 행위가 훨씬 더 중요한 일로 당신에게 남게 될 것이다. 이러한 경험을 해봄으로써 당신은 자신의 편협한 사고와 제약적인 생각의 틀을 모두 깨트려버릴 수 있게 될 것이며 새로운 세상을 볼 수 있게 되어 자신만의 사회적 편견과 고정 관념 속에서 탈피할 수 있게 될 것이다. 이와 같은 상황은 모두가 다 바람직하며 언제나 모두 유익하고 좋은 경험으로 남아주게 될 것이지만 이가 사회적으로 위배되는 행위이거나 타인에게 피해를 주는 일이 되어서는 결국 안 될 것이다. 정상적인 범주 안에서 일어나는 모든 일들

진실한 행복 속의 삶

은 서로에게 도움을 줄 수 있게 되므로 결국 모두가 선의 범위 안에서 일어날 수 있지만, 이러한 모든 선택을 하는 과정들에서 자신과 상대방 모두에게 도움을 줄 수 있는 Non-Zerosum Game(자신의 선택으로 이루어지는 경험이 만일 자신에게 도움이 되고 상대에게도 도움이 된다면, 이는 언제나 '선'에 입각한 선택이 될 수 있다.)인지를 한 번 더 먼저 생각해보아야만 할 것이다. 세상의 모든 일을 다양하게 경험해봄으로써 자신만의 생각의 틀을 깨는 행위는 사고의 전환을 이룰 수 있게 만들어주므로 언제나 매우 중요한 일이 되지만 이러한 상황 속에서 후회를 남기지 않기 위해서는 최선의 노력을 다하여 이러한 상황을 즐기고 최선의 긍정으로 이러한 상황에서 가져갈 수 있는 의미들과 가치들을 곰곰이 한 번 더 생각해보려 해야만 할 것이다. 결국 이러한 경험 속에서 평생에 걸쳐 이루고 싶을 만한 일들을 생각해보고 이를 자신만의 가치관으로 삼으려 해야 할 것이다. 절대 조급해할 필요도 없으며, 이러한 일에서 얻을 수 있는 의미들을 천천히 하나씩 생각해보아야만 할 것이다.

절대 처음부터 모든 것이 완벽할 수는 없다. 이러한 경험을

진실한 행복 속의 삶을 살아갈 수 있게 만드는 7가지 방법

해보려 할 때 그것이 만일 일(Work)과 관련된 경험이 된다면, 당신은 남들의 시선이라는 제약에 갇히지 말고(애초에 이들은 당신의 삶과는 아무런 관련이 없다.) 가장 기초적인 노동에서부터 이를 경험해보려 해야만 할 것이다.

관점 바꾸기(Reframing)

가장 대표적 이야기가 물컵 비유 이야기이다. (물이 반이나 남았네, 물이 반밖에 안 남았네) 이에 하나의 현상을 보더라도 자신이 지니고 있는 시선과 관점에 따라 이와 같이 현상을 바라보는 시각이 모두 달라질 수 있게 된다. 자신만의 부정적인 관점을 바꾸어 어떠한 행위에서든 장점만을 취하고자 한다면 이러한 긍정적인 생각의 전환 행위가 하나의 행위에서도 열 가지의 이득만을 취할 수 있도록 만들어주게 될 것이다. 세상 속 하나의 작은 일원이라 생각하는 지금 시점에서 이러한 시각과 관점을 바꾸어 세상의 전부를 모두 품 안에 품어버리려 한다면 이는 실제로도 그렇게 될 수 있는 일이 될 수 있다. 이러한 삶 자체가 실로 모두 당신 자신의 사고(思考)로부터 나와, 생각하는 순간부터 시작되고, 생각을 멈추는 순간 끝나게 되므로 이 모든 것은 결국 어떻게 생각하고 어떻게 바라보려 할 수 있느냐에 따라 모두 바뀔 수 있게 될 것이다.

긍정적인 사고와 시선으로 삶을 바라보려 할 수 있다면 이와 같은 생각은 당신에게 당신의 삶을 지속적인 긍정의 삶으로만 바꾸어 나가게 만들어줄 것이다.

진실한 행복 속의 삶을 살아갈 수 있게 만드는 7가지 방법

행복이란 스스로 쟁취하는 것이다

사회적 중력 속에 이끌려만 가게 된다면 당신에게 주어지는 선택권은 없으므로 당신이 행복을 찾는 것은 매우 어려워질 수 있다. (이에 언제나 수동적으로 이끌려만 갈 것인가 아니면, 세상을 당신의 놀이터로 만들어버릴 것인가?) 인생의 주도권은 언제나 당신 자신에게 있기에 이러한 행복은 그저 좇으려고 하는 것만이 아니라 당신이 선택하여 누리고자 해야 할 것이다. (이러한 삶은 당신만의 것이고, 스스로가 행복하기 위하여 삶은 살아야 하는 것이기에) 이에 행복을 찾고 싶다면 당신은 결국 수동적으로 이끌려가 기만 하는 것이 아니라 삶의 주인공으로 삶을 주체적으로 선택해야만 할 것이다. 이러한 선택을 만일 스스로 할 수 있게 된다면 선택의 결과에 대한 책임 역시도 오롯이 당신자신에게만 있어 좋지 못한 결과로 비롯될 수 있는 타인에 대한 원망과도 같은 부정적인 감정을 모두 없애줄 수 있게 되며 스스로가 조금 더 성공적으로 이끌어가고자 더욱 노력하게 만들어줄 수 있게 될 것이다. 또한 자신만의 선택으로 이와 같이 무언가를 스스로가 이루어낼 수 있게 된다면 이는 수동적으로 얻은 그 어떠한 결과물들과 비교도 할 수 없을 정도로 더 큰 성취감과 만족감만을 느낄 수 있도록 만들어줄 것이며 이타적으로 베풀어줄 수도 있는, 스스로만의 노하우 역시 터득할 수 있게 만들어줄 수 있을 것이다. 이를 위하여 필요한 것은 결국 다음과 같다.

- 용기(courage), 결단력(determination)
- 현명함(sagacity), 지혜(wisdom)
- 그리고 당신의 '노력(endeavor)'

이 5가지의 태도는 언제나 자신의 힘으로 당신이 직접 스스로 이러한 행복을 쟁취할 수 있도록 만들어줄 수 있게 될 것이다.

진실한 행복 속의 삶을 살아갈 수 있게 만드는 7가지 방법

인내(Patience)를 키워라

그 당시의 상황에서 벗어나고 난 뒤에야 그때의 상황에 대한 판단을 보통 제대로 내릴 수 있게 된다. 그 후, 스스로가 부족한 부분을 반성하며 보완하려 하거나 위안을 얻으려 하게 된다. 현재의 상황이 힘들어 비관적인 태도만을 취하고자 하게 될지라도 포기하려 하거나 좌절하려고만 해서는 절대 안 될 것이다. 이러한 현재가 어렵고 힘들다 하여 앞으로도 계속 힘들 것이라 생각한다면 이는 엄청난 오류이자 멍청한 발상만으로 남게 될 것이다. 난처하기만 한 지금 이 상황을 만일 인내(Patience)로 버틸 수 있게 된다면 이것이 결코 '헛되지 않았음'을 결국 나중에라도 반드시 깨달을 수 있게 될 것이다. 이러한 상황을 일단은 우선적으로 스스로 바꾸어나갈 수 있는지부터 생각해보려 해야 할 것이다. 만일 바꾸어질 수 있는 상황이라면 당신은 엄청난 행운아이다! (이러한 상황은 당신이 노력(Endeavor)한 만큼 바뀔 수 있게 된다. 또한 이러한 상황을 얼마

나 필사적으로 바꾸어보려 노력하느냐에 따라서 인내의 시간 역시도 줄어들

게 만들 수 있게 될 것이다.) 그러나 만일 스스로의 힘으로 바꿀 수

없는 상황이라면 이러한 상황에서 벗어나고 탈피하고자 노

력해야 할 것이다. 이와 같은 상황을 벗어나기 힘들다면 결

국 끝까지 버티고 인내하며, 견뎌 나가야만 할 것이다!

인내(Endurance)의 시간은 하루 이틀이 될 수도, 1년, 10년

이 될 수도 있지만 만일 이를 꿋꿋하게 버티어낼 수만 있다

면 진정 이러한 인내의 시간만큼이나 당신은 합당한 보상만

을 받게 될 것이다. 이는 비록 물질적 가치로 다가오지 않을

지언정 정신적 가치(Value)로는 반드시 당신에게 다가올 수만

있게 될 것이다.

진실한 행복 속의 삶을 살아갈 수 있게 만드는 7가지 방법

꿈을 꾸되 욕심을 줄이자

꿈을 꾸려 할 때 주의할 점은 그것이 실제로 실행이 가능한 타당성의 면이 더 많은지, 아니면 스스로만의 욕심적인 면이 더 많은지를 한 번 더 구분해볼 줄 알아야 한다는 것이다. 즐겁거나 기쁜 마음으로 가능한 일이라면 이는 매우 바람직한 꿈이 되어줄 수 있다. 그러나 독한 마음으로 스스로를 옥죄기만 하게 된다면 이는 욕심으로 분류될 수 있을 것이다. 이러한 욕심을 부릴 수야 있지만 만일 스스로만을 힘들게 하여 자신을 파괴시키고 타인에게 피해만을 주게 된다면, 이는 절대로 올바른 욕심이 아니라 자신의 고집으로만 남게 될 것이다. 이러한 꿈이 타당하고 바람직한 목표로서의 꿈인지 아니면 결국, 보상 심리적 욕심으로서의 꿈인지를 다시 분별해보려는 것은 매우 중요한 일이 될 수 있게 될 것이다. (자신의 능력 외에 얻으려 하는 것은 모두 욕심이며 이러한 욕심은 결국, 어떠한 식으로든 그에 합당한 대가만을 치르게 만든다.)

꿈에 대한 경계면에서 이를 조금 더 수월히 구분해볼 수 있게 만들어줄 수 있는 방법으로 보상 심리적 욕심으로 발생하게 될 수 있는 두 가지의 상황을 소개해보고자 한다.

첫 번째로 현재가 불행하다 생각하여 높은 이상과 미래(일이든 사랑이든)에 대한 막연한 기대감만을 높임으로써 이러한 현재에 대한 보상을 받고자 꿈꾸게 되는 보상 심리적 욕심으로서의 상황. 현재가 불행하다고 느끼게 될수록 알 수 없는 미래에 대한 막연한 기대감만을 키움으로, 현재의 상황을 망각하고 보상적인 행복만을 얻으려 하게 되지만 이는 현실과 이상 사이의 괴리(乖離)로 인하여 더욱더 큰 불행감과 막연한 기대감만을 품게 만들어준다. 이는 결국 현실에 살아가려 하는 것을 방해하게 되므로 이를 막고자 한다면 이러한 꿈을 꿔보기 앞서, 현재 자신의 현실에서 스스로가 조금이라도 행복의 감정을 먼저 느껴보려 해야만 할 것이다. 이러한 행복의 감정을 현재의 현실에서 조금이라도 느껴볼 수 있게 된다면 그것이 더 이상 자신이 막연한 꿈이나 이상에 집착하고 매달리는 것을 줄여주고 현재를 살아갈 수 있도록 만들어주

진실한 행복 속의 삶을 살아갈 수 있게 만드는 7가지 방법

게 된다. 결국 현실적인 해결책으로서 처음부터 이러한 꿈을 자신의 능력보다 크게 꾸려 하면 안 될 것이고, 당장 실천으로 옮길 수 있는 현재 능력 안에서만 당신은 이와 같은 꿈을 꾸어보려 해야만 할 것이다. 지금 이 순간을 행복하다 여길 수 있게 된다면 또한 자신이 꿈꿔오던 원래의 미래가 오히려 훨씬 빠르게 자신에게 다가올 가능성도 생길 수 있게 된다. 현재의 시점에서 행복을 느낄 수 있게 되면 이러한 행복 감이 더욱더 긍정적 사고 에너지만을 전달해주어 번뜩이는 아이디어를 가진 건강한 정신과 실제 실행으로 이를 옮길 수 있게 만들어주는 행동 능력을 수반한 건강한 신체를 갖출 수 있도록 만들어줄 수도 있게 되기 때문이다.

두 번째로 자신이 이루어낸 성취에 대하여 그 자체로 만족을 느끼지 못하고 이를 자신의 위치나 신분 등을 이용하여 성취에 대한 노력의 대가를 다른 만족으로 대체하여 충족시키고 자 하려는 보상 심리적 욕심으로서의 상황. 이는 상대방에 대한 비도덕적 행위의 요구나 명령 등으로 이어져 자신뿐 아니라 상대방에게까지도 결국 피해를 입히게 만들 수 있으므

진실한 행복 속의 삶

로 매우 좋지 못한 일이 되지만 갑질이라는 사회적인 용어로도 나타날 만큼 이는 매우 광범위하게 퍼져있기에 결국 이러한 미성숙한 태도를 고치고자 한다면 스스로가 선(善)과 사랑의 가치관을 가지고 올바른 성품의 태도를 갖추어나가려고 노력하여 나가야만 할 것이다.

욕심 줄이기

행복을 물질적인 것으로만 여긴다면 이러한 사고(思考)는 절대로 당신을 행복으로 이끌어줄 수 없게 만든다. 이러한 행복은 사고(思考)의 영역 안에 존재하고 있게 되는 것이며 자신의 마음으로 느껴야만 하는 감정의 영역이 되기 때문이다. 행복을 찾고 싶다면 그저 욕심을 줄이고 낮아지기만 하면 될 것이다. 더 높은 삶과 이상을 좇아 행복해질 수 있다면 이는 당연히 매우 좋은 일이 될 수 있겠지만, 진정 이는 허상과 피상에 지나지 않는 일이 될 것이다. 이러한 허상과 피상

진실한 행복 속의 삶을 살아갈 수 있게 만드는 7가지 방법

에 집착치마라. 집착은 욕심이고, 욕심은 화(禍)만을 부르게 될 뿐이다. 무소유(無所有)의 정신이 어찌 보면 세상에서 가장 행복할 수 있는 사고(思考)가 될 수 있을 것이다. 이러한 무소유(無所有)란 아무것도 가지지 말라는 말이 아니다. 이는 스스로가 행복을 찾기 위하여 자신의 사고(思考)를 무(無)로 돌려 다시 시작해보려 하는 '하나의 사고(思考) 방법'이 되어줄 뿐이다. 그러므로 낮아져라! 낮아질수록, 행복해질 것이다. 가장 기본적인 단계 살아 숨쉬기부터 시작을 해보자. 만일 숨을 쉴 수 있고 생각할 수 있으며 몸을 움직일 수 있다면, 당신은 이미 행복한 것이다. 당신은 결국 무엇이든 다 할 수 있다!

진실한 행복 속의 삶

6

현재와 미래를 살아라

인생은 하나의 여행이다. 과거에 얽매이지 말고 현재를 살아라. 과거에서 얻을 수 있는 것만 얻은 후, 새로 새긴 배움과 깨달음만을 가지고 앞으로 나아가야만 할 것이다. 만일 현재가 초라하다고 생각을 하여 과거의 영광 속에서만 맴돈다면, 앞으로의 나아감 없이, 발전 없이 과거 속에서만 머무르게 될 수 있을 것이다. 후회와 집착만을 하며 언제나 과거 속에서만 머무르고자 하지 않으려면, 과거는 추억으로만 남겨두고, 현재의 상황에서 현재를 뚫고 나아갈만한 힘을 기르고, 현재의 하루하루에 충실하려고 해야만 할 것이다. 결국 이러한 시간들 속에서 앞날과 미래를 그려보며 '자신이 현재 무엇을 가지고 있으며, 자신의 현재 능력을 이러한 시점에서 어떻게 활용해볼 수 있을지에 대한 생각'만을 해보려 해야만 할 것이다. 만일 지금의 자신이 아무것도 가진 것이 없다는 생각을 한다면 이를 어떠한 식으로 가져나가야 할지, 앞으로

진실한 행복 속의 삶을 살아갈 수 있게 만드는 7가지 방법

어떻게 찾아 나가야 할지에 대한 생각을 해보려 해야만 할 것이다. 결국 이렇게 자신만의 능력을 키우며 자신이 평생에 추구할 만한 가치와 신념을 실현하기 위하여 최선을 다해 살아간다면 이러한 과정이 조금씩 모여 당신은 이러한 과정 속에서 점점 더 단단해질 것이며, 점점 더 성장하여 커져 가게 될 것이다.

7

좋은 것만을 보고, 듣고, 느끼자

긍정의 에너지든 부정의 에너지든 이러한 모든 에너지는 모두 전파되게 된다. 만일 당신이 이러한 부정적인 에너지에 물들어 있다면, 당신의 상황 역시도 모두 부정적으로 흘러가게 될 것이다. 부정적인 사회 환경이 비록 그렇게 당신을 물들였다 할지라도 그럼에도 불구하고 당신은 그 무엇도 아닌 당신 스스로의 건강과 행복을 위하여 이를 벗어나고자 노력해야만 할 것이다. 의도적으로도 언제나 긍정적인 사고와 행동만을 하며 좋은 것만 보도 듣고 느끼려 해야 할 것이다. 어떠한 상황에서도 결국 이렇게 긍정적인 사고로 좋은 것들만 느끼려 한다면 이와 같은 긍정의 에너지가 당신을 다시금 감싸주어 언제나 긍정의 기운으로 즐겁고 신나 하는 마음만으로 당신의 삶을 살아갈 수 있도록 만들어주게 될 것이다.

진실한 행복 속의 삶을 살아갈 수 있게 만드는 7가지 방법

진실한 행복 속의 삶을 살아갈 수 있게
만드는 7가지의 방법 편 최종 정리

당신은 아는가? 실로 단순하게 사는 것이 가장 건강하며 행복하게 살아갈 수 있는 방법이 된다. 그러나 마냥 단순하게만 산다면 이러한 사회에서 마냥 행복만을 누리며 살아가기엔 쉽지 않을 수 있으므로 행복에 대한 지식을 쌓고 생각을 전환한 뒤 이를 실천으로 옮겨 행(行)하는 노력을 함께 기울여야만 할 것이다. 결국 스스로가 꾸밈과 거짓 없이 가식 없는 진실한 모습으로 내면과 외면을 일치시켜 당당히 살아갈 수 있게 된다면, 그것이 진정 참된 행복을 당신에게 가져다줄 수 있게 만들 것이다.

(1) 자신의 내면(몸과 마음)으로부터 시작하여 기뻐하고 즐길 줄 아는 방법을 익힌 후에,

⑵ 세상 밖으로 나아가 타인에 대한 정보를 쌓고

⑶ 충만한 사랑과 선의 에너지로 세상을 물들이려
할 수 있다면

그것이 결국은 참된 행복을 가져다주는 최고의 방법
이자 진정 최선의 방법으로 모두 남아줄 수 있게 될
것이다.

진실한 행복 속의 삶을 살아갈 수 있게 만드는 7가지 방법

—

글을 마치며

철학자들의 철학

기독교의 선과 사랑

불교의 무소유

모든 철학과 종교의 진리는 딱 하나의 방향, 딱 한 곳으로
향하고 있다.

'행복'

바로 이러한 행복의 추구에서 모든 것이 파생되었다.

행복이란 참된 진리 하나로 철학자들은 자신의 생각으로 논

쟁을 벌였고, 기독교는 이야기를 통해 이를 풀어가려 했으며 불교는 스스로에게 질문을 던지는 방법으로 이를 찾아 나가고자 하였다.

누구나 원하는 단 하나!
'행복'

바로 이러한 행복을 어떠한 사람들은 쾌락과 욕망의 추구로, 어떠한 누군가는 사랑으로 어떠한 누군가는 자기만족으로만 누리고자 하지만 이러한 행복은 인생의 종착역이 아니라 인생의 모든 순간에서 느껴야만 하는 가장 소중하고도 고귀한 진리로 존재하고 있기에 만일 그것이 자신의 삶만을 행복하게 만들어준다면 행복을 추구하는 이러한 모든 다양한 방법들은 모두 다 바람직할 수 있게 될 것이다. 그러나 결국 가장 크고도 멋진 참된 행복이란 진정 진실과 선, 사랑으로 이루어진 당신 자신의 마음속에 있다는 사실을 다시 한 번 더 명심해야만 할 것이다. 이러한 참된 행복은 진정, 진실로 다른 그 어떤 그 무엇과도 비교할 수 없을 정도로 크고 강렬한

글을 마치며

행복의 진한 감정을 느낄 수 있게 만들어줄 것이다. 지금 이러한 삶 속에서 행복을 느끼며 살아갈 수 있다면 그 자체만으로도 당신에게 매우 큰 축복이 되어주겠지만 만일 이를 느끼지 못하고 있다면 반드시 당신은 이를 느껴보고 누려보기 위하여 최선을 다해 하루하루를 열심히 살아가려고 노력해야만 할 것이다. 이러한 행복이란 당신만의 당연한 권리이자 당신의 삶에서 반드시 즐기고 누려야만 하는 당연한 보상이 되기에.

진정 모두가 이렇게 넘실대는 행복의 물결 안에서 헤엄치며 진실한 행복 속의 삶을 영유(永有)할 수 있길 바라며 글을 마치겠다.

진실한 행복 속의 삶

초판 1쇄 인쇄 2020년 02월 05일
초판 1쇄 발행 2020년 02월 14일
지은이 김성환

펴낸이 김양수
책임편집 이정은
편집·디자인 김하늘

펴낸곳 도서출판 맑은샘
출판등록 제2012-000035
주소 경기도 고양시 일산서구 중앙로 1456(주엽동) 서현프라자 604호
전화 031) 906-5006
팩스 031) 906-5079
홈페이지 www.booksam.kr
블로그 http://blog.naver.com/okbook1234
이메일 okbook1234@naver.com

ISBN 979-11-5778-424-0 (03800)